夢のテンプレ幼女転生、はじめました。

憧れののんびり冒険者生活を送ります

ういの《uino》 ill. 蒼

ミカン（元の姿）
土の精霊王
「土」を司る精霊王。
仙人のような
優しいお爺ちゃん。
チナ
本作の主人公。
仕事帰りにトラックにひかれ、
気づくと5歳児として異世界に
転生。カイルたちに保護され、
憧れだった冒険者になる。
ミカン
（小さい姿）
土の精霊王に
仕える神獣で、
九尾の狐。姉御肌。
CHARACTERS

火の精霊王
「火」を司る精霊王。
激辛料理が好物の
イケオジ。
ダングルフ
ルテール町のギルド
マスター。通称・ダン爺。
チナにデレデレ。
アルト
チナを保護した冒険者
パーティーのメンバー。
優しくて穏やか。
カイル
チナを保護した
冒険者パーティーの、
頼れるリーダー。
ライ
チナを保護した冒険者
パーティーのメンバー。
無口でマイペース。

1

――バシャン！


耳元で水が跳ねる音がした。

それと同時に、背中からひんやりと冷えていくのを感じる。

どういう訳か、私は川の浅瀬で仰向《あおむ》けになっていた。

え、ここはどこ？　私は誰？　……会社勤めの社畜、二十八歳、女、名前は七瀬千那《なながせちな》。……うん。

自分のことは分かる。じゃあ、この状況は？

確か私は、さっきまで街中にいたはず。いつものように残業をして、会社を出たのは終電ギリギリの時間。走って駅まで向かう途中、大きく表示されているゲームの広告に気を取られ、気づいた時にはもう遅かった。目の前に迫る眩《まぶ》しい光。体を襲う大きな衝撃。初めて見る走馬灯は、これまでの人生を早送りに流したようなものだった。「ああ、さっきの広告のゲーム、昔好きだったやつに似てて面白そうだったな」「あのラノベ、まだ完結してなかったのに。最後まで読みたかったな」なんてことを呆然と思い浮かべ、そのまま私は気を失った。

自分はトラックに轢《ひ》かれたんだ――と思い出す。それでも不思議と冷静でいられる今の状況に乾いた笑いが漏れた。最後に思い浮かべたのが、家族や友人のことではなく、ラノベやゲームのことだったなんて……。なんだか虚《むな》しくなる。

しかし、この記憶が正確なものなら私はもう死んでいるはずだ。トラックにぶつかった後、私の体は確かに宙に浮いていた。あそこまで撥《は》ね飛ばされて死んでない方が怖い。

それなのに、はっきりと意識があるし、川の水に奪われる体温もある。

どういうこと……？

「くしゅんっ」

冷たい風に濡れた体が冷やされ、私はブルリと震えた。

とりあえず起き上がろう。このままでは風邪をひいてしまう。

立ち上がっても足首ほどまでしか水位がない川から出て、岸に上がった。

濡れた服と髪が気持ち悪い。着替えなんて持っているはずないし、服を脱いで固く絞って乾くのを待つしかなさそうだ。

外で服を脱ぐことに抵抗を感じながらも、濡れたままでいるのは気持ち悪い、と周りに人がいないか確認する。

目の前にはさっきまで自分が浸かっていた川。浅くて流れはゆっくりだが川幅はかなりある。対岸まで百メートルほどありそうだ。

対岸は鬱蒼《うっそう》とした木々が生い茂る深い森。樹海と言ってもいいかもしれない。背の高い樹木によって日光が遮《さえぎ》られ、なんだか怖い雰囲気だ。

そして私の背後。こちら側は樹海よりも圧倒的に木が少ない、穏やかな草原が広がっていた。私の目線よりも少し低いくらいの、背の高い草が生い茂り、周囲を見渡すことは難しい。ただ、こちらには木が少ない分、日がよく差して明るい雰囲気である。

私がいたのがこちら側で良かった。向こう岸はいかにも何かがいそうな雰囲気で背筋が震える。私はこういったホラー的なものは大の苦手なのだ。

なんにせよ、周囲には生き物の気配は感じられなかった。風が吹く度にかさかさと揺れる葉の音と、流れる川の音。それ以外に何かが動く気配はない。

最悪、何かあっても草むらに飛び込んでしまえば大丈夫だろうと考え、肌に張りついた服を脱ぐ。そこでようやく気がついた。私が着ている服は、いつものスーツではなかったのだ。見たこともない真っ白なワンピース。可愛らしいそれは、アラサーの私が着られるようなものではない。

何これ……と思いながらも、今の状況自体が普通ではないことから、一旦それは置いておくことにする。

サラッとした生地のそれは、日が出ている今なら、広げて置いておけばそのうち乾くだろう。

これまた見たこともない茶色のブーツは、防水加工が施されているのか、何故かあまり濡れていない。靴《くつ》はそのままに、下着を脱ぐのはさすがに気が引けて髪を絞ろうと思い立つ。

背中の真ん中辺りまで伸びた髪を左側で一つにまとめ、いざ絞ろうとしたところで、さらなる違和感が私を襲った。

やけに髪質が良くないか……？

長いこと手入れがされていない私の髪は、かなり傷んでおり、濡れた状態では手ぐしすらまともに入らなかったはずだ。それが今、軽くまとめただけでも分かるほどにサラサラつやつやになっている。引っかかりが全くないそれに、私は反射的に手の中にある髪を見た。その瞬間、私の思考は完全に停止した。

ここまでも意味の分からないことだらけだったが、これはさらに意味が分からない。

無意識のままに私はその髪を一房握って引っ張ってみる。

……うん。痛い。

意味が分からない。意味が分からないが、どうやら私の髪の色が変わってしまったらしいことは理解した。一度も染めたことのない私の黒髪が、グレーに……。ついでに髪質改善もされているという事実に、もう訳が分からなくて若干泣きそうである。

とりあえず無心でギュッギュッと髪を絞る。全ての髪をまとめて絞るのは難しかったので、少しずつに分けて固く絞った。

最後の一束になったところで気づいた。

どうして、まとめて絞るのが難しいんだ……？

さほど量が多いとも言えない私の髪。

何故か傷みが改善されていたことは置いておいて、細く柔らかい髪質も量も、元のものとほとんど変わっていないように思う。

お風呂から出る前に軽く絞る時も、私はいつも一束にまとめて絞っていた。それがどういう訳か難しかった。

……なんだ、この違和感は。

無意識に見ないようにしていた髪をもう一度手に取って、恐る恐る見てみる。

サラサラつやつやなグレーの髪。おかしい。確かにおかしいが、今考えるのはそこじゃない。

その時、強い風が吹いて私の手から髪を攫《さら》われた。そして目に入ったのは……。

子供のように小さな私の手のひらだった。

シワの少ない手のひら。短くてぷにぷにした指。紅葉のよう、という表現がぴったりな小さな手。

明らかに子供のものであるそれが、私の意思によって思い通りに動く。まごうことなき、私自身の手である。

ハッとして、広げて置いておいたワンピースを見た。

……やっぱり、小さい。

何故気がつかなかったのか。さっきまで私が着ていたワンピースは、どこからどう見ても子供服のサイズじゃないか。

呆然と自分の体を見下ろせば、ぺたんこの胸に少しぽっこりとしたおなか。ちょこんとした小さな足が見える。

……あぁ、密《ひそ》かに自慢だったのに。

なくなってしまった胸のふくらみにそっと手を添える。ストン、となんの抵抗もなく下まで落ちていった両手が私の気持ちを表しているようだ。

ほんと、何これ……。

落ち込んだ気分のまま、私は川岸に座り込む。両膝を抱え、ボーッと川の流れを見つめる。

どうせ、服が乾くまでここから動くことはできない。これからのことも考えなければいけないが、今は感傷に浸《ひた》っていたかった。

どのくらい時間が経っただろうか。

私はふと顔を上げ、何とはなしに手元にあった小石を川面に投げつける。パシャッと小さな音を立てて小石は水に沈んだ。

次は平たい石を拾って横から石を投げつけた。パシャッパシャッと小石が川を跳ねて沈む。

私は無心になって、ただひたすらに石を探し、投げ続ける。最初は一回しか跳ねなかったものが、二回になり、三回になる。繰り返すほどに上達していく水切りは、頭を空っぽにして夢中になれた。

石が水面を跳ねるのが五回を超えたところで、私は気持ちのいい疲労感を覚える。

ふぅっと額の汗を拭い、そこで私は、自分が笑みを浮かべていることに気がついた。

なんの生産性もない、ただの遊びにここまで夢中になったのはいつぶりだろうか。大好きだったゲームも、読書も。いつの間にか仕事に追われ、趣味の時間を取ることすらできていなかったことに、今さらながら気がつく。

ここがどこかも、自分がどうなってしまったのかも、何一つ理解していないが、なんだか私の気分はスッキリしていた。

いつの間にかすっかり乾いていたワンピースを着直して背筋を伸ばす。何一つ解決していないけど、もうすでに私の気持ちは前を向いていた。

私に必要なのは現状の把握。ここがどこなのか。私はどうなっているのか。それを知らないと何も始まらない。

とりあえずの目標は人に会うことだ。

よし！　と気合を入れ直して私は前を向いた。

とはいっても、今の私にはなんの手がかりもない。対岸の樹海には近づかない、と決めたものの、どの方向に向かったらいいのかすら分からない。ここは人工物の一切ない自然の中だ。近くに人が住んでいる様子はない。

手がかりが一切ない状況で、私はどう行動したらいいのだろう……？

状況は悪くなる一方で、日も暮れてきた。私がグダグダしていたせいで、かなり時間が経っていたらしい。ゆっくりと茜《あかね》色に染まっていく空に、焦りが出てくる。太陽が出ている昼間でもほんのり肌寒かったのだ。夜になればさらに冷え込むことだろう。

今着ているワンピース以外に、衣類は何もなかった。衣類どころか、荷物は何も持っていない。ポケットに入っていたスマホも、もちろんなくなっている。現状を理解するごとに不安が募っていく。

不安と焦りで取り乱しそうになったその瞬間、ガサッと大きな音が鳴った気がした。風が木の葉を揺らす音とは何かが違う。

私は恐る恐る周囲に視線を巡らせる。

そして見つけたのは、突如対岸に現れた人の影だった。

突然の出会いに、私は一瞬ガチンと固まり、反射的に背を見せて逃げ出していた。

が、その逃亡も失敗してしまう。まだしっかりと馴染《なじ》んでいない子供の体で突然走り出すなんて器用なこと、私にはできなかったのである。

バランスを崩した私の体は、盛大に正面から転がった。手のひらと膝を擦り、ゴチンと額が地面にぶつかる。

私の目線の高さほどの草むらの一歩手前。草地の地面に転がった私の瞳からは、ボロボロと静かに涙が溢《あふ》れる。

突然、なんの心の準備もなく人と出会ってしまったことへの焦り。そして、転んだことによる痛み。そんな感情の揺れが、なんの抵抗もなく涙として溢れ出した。

後ろから、バシャバシャと川を渡ってくる足音が聞こえる。こちらに迫ってくる足音がなんだか怖くて、逃げたいのに痛くて体を動かすこともできずに、ただただ焦りが募る。

止まらない涙。動かない体。バクバクとうるさい心臓の音。

ついに川を渡りきり、すぐそばまでやってきた足音。私はギュッと両目を瞑《つむ》り、体を硬くした。

「――ねぇ、君、大丈夫……⁉」

柔らかい声音の男性の声が頭上から聞こえてきた。

そっと背中に添えられた手は大きくて、優しさを感じる。

私は恐る恐る顔を上げた。涙で濡れた視界はぼやけて、うまく焦点が合わない。まばたきを繰り返し涙を散らすと、そこにいたのは困り顔をした金髪のお兄さんだった。

私と目が合ったお兄さんは、一瞬驚いたような顔をしたが、すぐに優しい微笑《ほほえ》みを浮かべ、私に手を差し出す。

「立てる？」

無意識にその手を取り、ようやく力が入った体を起こす。

そして、目の前のお兄さんの優しい微笑みを見て、私の中の何かが決壊した。

「うっ……うぇえええぇぇえん……‼」

焦りや痛みといった感情を忘れ、私はただ目の前の人の温もりに安心していた。

突然大きな泣き声を上げた私に驚いたお兄さんは、慌てて私の背中に両手を回し、優しく抱きしめてくれる。

そっと背中を擦りながら「大丈夫、怖いことは何もない」と優しく声をかけ続けてくれるお兄さん。そのおかげで落ち着きを取り戻してきた私は、グスグスとすすり上げながら顔をお兄さんに向けた。

「落ち着いた？　お兄さんと少し、お話できる？」

眉尻を下げ、微笑みながらそう問いかけてくるお兄さんの瞳は、綺麗《きれい》な青色だった。

一瞬、見惚《みと》れかけ、私は慌てて頷く。

「良かった。……僕はアルトっていうんだ。君のお名前は？」

「……ちな」

お兄さん――アルトさんは膝をついて、私と視線を合わせてくれている。

それなのにまだ僅《わず》かに彼を見上げる形になること、また、彼の私に対する態度から、やはり今の私は子供の姿なのだと確信した。それも、かなり幼く見られているようだ。

「チナちゃんか。可愛い名前だね。……それで、ここにはどうやって来たのか分かるかな？」

私はフルフルと首を横に振る。

一瞬、トラックに撥ね飛ばされたことが頭をよぎったが、アルトさんが言っているのはそういうことじゃないだろう。

「そっか……。他に、一緒にいた人はいなかった？」

もう一度、首を横に振る。そんな人がいれば、私はここまで困っていなかった。

「……分かった。じゃあ、僕と一緒に町まで下りよっか？　近くに僕の仲間がいるんだけど、呼んでもいいかな？　二人いるんだけど、二人とも優しい人だから安心していいよ」

「うん」

アルトさんが川向こうに大きく手を振ると、二つの人影がこちらに向かって歩いてくる。

本格的に日が暮れてきた。このタイミングでアルトさんたちと出会えたことは奇跡だった。彼らがどんな人たちかはまだ分からないけど、今の私にとっては唯一の希望だ。少なくとも、アルトさんは悪い人には見えなかった。とりあえずは、アルトさんたちを信じてついていこう。

2

パシャパシャと川を渡って近づいてきたのは、二人の男性だった。

一人は黒髪に黒目のワイルド系。二十代後半くらい。服の上からでも分かるくらい、しっかりと筋肉がついている。でも、つきすぎているわけではなく、スラッとしている。いかにもリーダーって感じの雰囲気だ。

もう一人は、茶髪に緑色の目の高校生くらいの男の子。無表情だけど、不思議と怖い感じがしない。やわらかい雰囲気。確実に癒やし枠だろう。

そして、アルトさん。細い金髪に薄い青色の目。すごく綺麗で王子様みたい。

三人とも、外見は外国人のように見える。かっこいい。

「チナちゃん、この二人が僕のお友達だよ。二人とも、この子はチナちゃん。気づいたらここに一人でいたらしい」

アルトさんが紹介してくれると、黒髪のお兄さんがしゃがんで目を合わせて挨拶してくれた。

「俺はカイルだ。よろしくな、チナ」

「よろしくおねがいします、カイルさん」

「おお！　いい子だな！」

二人を待っている間に私も落ち着いてきたようで、さっきの子供みたいな話し方ではなく、しっかりと挨拶できた。

次に茶髪のお兄さんもかがんで目を合わせて……いきなり頭をなでてきた！

「……可愛い」

びっくりして固まっていると、スパァンといい音がして、茶髪のお兄さんがうずくまっていた。

「バカ！　いきなりなでるやつがあるか！　まずは名乗れ！」

どうやらカイルさんがお兄さんの頭を叩いたらしい。……そこまでしなくても。

「……ごめん。可愛かったからつい。……ライです。よろしく。……頭、なでていい？」

「ライさん、よろしくおねがいします。……どうぞ」

私はライさんになでられながら、何故かライさんと見つめ合っている。その間にアルトさんとカイルさんはこれからの行動について話し合っていた。私という保護対象を見つけてしまったから、予定が変わってしまったのだろう。申し訳ないなと思いながら、私は他のことに気を取られていた。

今見つめ合っているライさんの目。緑色だ。どう見てもカラコンではない。天然の緑だ。緑色の瞳って本当に存在するんだ……と、なんとなく感動した気持ちになる。

そんなことを考えていると、アルトさんとカイルさんの会話に気になる言葉が出てきた。

珍しい髪と目。誘拐。奴隷《どれい》商。魔物。

奴隷商に、魔物……？　二人の会話によると、おそらく私は奴隷商に誘拐されたところ、この森で魔物と遭遇。このままでは全滅すると考えた奴隷商の人たちが私を囮《おとり》にして逃げた。そして私は何故か魔物に襲われず、奇跡的に生き延びて、三人と出会った……と、思われているらしい。なんか、どこかで聞いたことのあるような話だな。

奴隷商という言葉から、日本のことだとは思えない。え、私の知らないところで奴隷制度ってあったりするの？　ないよね？　それに魔物って、まさか……？　でも、三人の話している言葉は日本語だった。顔立ちは、日本人とはほど遠いが。たまたま、日本育ちの外国人だったとか？　……訳が分からん。

考えても分からないことは置いておいて、私は、もう一つ気になっていることを確認することにした。

「あの、かがみとかってありますか？」

「……？　あるよ。……どうぞ」

「ありがとうございます」

ライさんはようやく私の頭から手を離して鏡を渡してくれた。……ていうか、今までずっとなでてたのか。結構な時間があったけど、飽きなかったのかな？

三人の話を聞くと、私はどうやら髪だけではなく、目も珍しい色をしているらしい。少しドキドキしながら、ライさんに借りた鏡で自分の姿を確認してみた。

………は？？？

まず、目に入ったのは、キラキラしたグレーの髪。その中に交じった一房の薄緑色の髪。顔の横、右側に一束、透き通った薄緑色の毛束が混ざっていた。何故気がつかなかった私。これは確かに不思議な色だ。一束だけ色が違うなんて。

次は目の色。まさかのオッドアイだった。右が濃い紫。左が濃い青。しかも、よく見ると金色の光が散っている。まるで、星が煌《きら》めく夜空のように綺麗だ。

顔立ちも庇護欲《ひごよく》をそそる、可愛い顔立ちをしている。今までの私の面影が一欠片《かけら》もない。少し垂れた丸くて大きな目に、小さな鼻、ぷっくりしたピンク色の唇、胸の下辺りまで伸びたまっすぐでサラサラの髪。……誰だこれは。

「……チナ、怪我してる。……【ヒール】」

ライさんがそう言った瞬間、私の膝が淡い光に包まれ、光が消えると膝の傷が綺麗さっぱりなくなっていた。

「……まほう？」

「……そう。初めて見た？」

「……うん」

ここまで来たらさすがに分かる。これはあれだ。……異世界転生だ。薄々そうじゃないかとは思ってたけど、まさか本当にそうだったなんて……。さすがに現実味がなさすぎて気が遠くなる。

トラックと衝突して転生。その後冒険者に拾われる……。髪とか目とか、このかなり目立つ容姿も、もしかしたら神様の影響ってやつなんじゃないだろうか……？

うん、好きだったよ。こういう話。よく読んでたもん。でも、実際自分がなるなんて聞いてないよっ⁉

「……チナ？　大丈夫？」

遠い目をして固まっていたら、ライさんが心配して声をかけてくれた。

「あっ。うん。だいじょうぶです。これ、ありがとうございました」

ライさんを見ていると何故か心が落ち着いてくる。……マイナスイオンでも出てる？

また二人で見つめ合ってぼんやりしている間に、アルトさんとカイルさんの話し合いが終わったようだ。

◇◇◇

「ちょうどいいし、今日はここで野営するか」

カイルさんの合図で三人はそれぞれ動き出す。

カイルさんは周辺の見回り、ライさんはテントの準備、アルトさんは食事の準備を始めた。

手持ち無沙汰《ぶさた》になった私は、一番手伝えることがありそうなアルトさんのところへ行くことにした。

水を汲《く》んでいるアルトさんの方にパッと駆け出すと、私はそのまま足をもつれさせて正面から地面に倒れ込んだ。

「チナちゃん!?」

私に気づいたアルトさんが駆け寄ってきた。恥ずかしくて顔が熱くなる。さっきもやったのに……っ！　こんな短時間で二回もコケるなんて、恥ずかしすぎるっ！

「あー、血が出ちゃってるね。痛かったねぇ。大丈夫だよ、すぐに治るからね。【ヒール】」

痛みを必死に堪《こら》えて半泣きの私は、再び淡い光に包まれた。一瞬で痛みが消える。まぶたのフチでギリギリ耐えていた涙が、瞬《まばた》きと同時に一粒ポロッとこぼれた。

涙を拭って本来の目的を果たす。

「アルトさん、おてつだいできることはありますか？」

アルトさんは驚いたように軽く目を見開いた。

「えっ、お手伝いしてくれるの？　疲れてるでしょ？　休んでてもいいんだよ？」

「だいじょぶです。おてつだいしたい」

「そっか、ありがとう。じゃあ……このきのこをバラバラにして、このお鍋に入れてくれるかな？」

「はい！　わかりました！」

渡されたきのこは、見慣れているものと変わらない茶色いきのこだった。しめじに似ている。

赤と白の水玉模様とか、緑と白の水玉模様のなんだか強くなれそうなきのことかないかな。……あっても食欲の湧かなそうな色合いだけど。

まな板代わりの板の上で、きのこをむしる。今の私の小さな手では、片手できのこを掴むことすらできなかった。こんなところで子供の体の不便さを実感するなんて……。

私がバラバラにしたきのこはスープに入れるようだ。料理が完成に近づき、いい匂いが漂ってくる。

この世界に来て初めてのごはんは、きのこのスープに、豚に似たお肉の串焼き、黒くて硬いパンだった。味付けは塩だけだったけど、意外にも美味しい。アルトさんは料理上手だ。

黒パンは硬くて噛み切れなかったので、スープに浸してふやかしながら食べた。半分くらい食べたところでおなかがいっぱいになったので、残りはライさんが食べてくれた。

……ちなみにきのこは、見た目だけじゃなく味もしめじだった。

おなかがいっぱいになるとすぐに眠くなってきた。こんなところまで子供に戻ってるんだな、と実感する。

気が張ってて疲れてないと思ってたけど、おなかが膨《ふく》れてホッとすると一気に疲れが出てきたな。

今日は、トラックに轢かれたと思ったら転生してて、しかも幼女になってて、いっぱい泣いて。髪と目の色もすごくてびっくりしたし、身体的にも精神的にも疲れていたらしい。

……いや、これだけいろいろあれば大人のままだったとしても眠くなってたな。

そんなことを考えながら、私は睡魔に抗えず、そのまま夢の世界に旅立った。

◇◇◇

異世界生活二日目。

目が覚めると、すでに日は昇りきっていて、テントの中には私一人だった。

テントを出ると、ちょうど食事の準備が終わったところだったようで、私を起こしに来たアルトさんと鉢合わせた。

「おはようございます。きのう、ごはんのあとすぐにねちゃってごめんなさい。テントまではこんでくれてありがとうございました」

「おはよう。昨日はたくさん泣いて疲れてたもんね。どういたしまして。さぁ、朝ごはんにしよう」

「うっ。ないちゃったことはわすれてください。……あさごはんありがとうございます。いただきます」

大声を出して泣いてしまったことを思い出して、顔が熱くなった。ううっ。精神年齢は大人のままなのにあんなに取り乱して泣くなんて……。何か衝撃があると大人の精神がどこかへ行っちゃうみたい。頑張って大人の精神を保とうと、密かに決意した。

朝ごはんは、昨日の残りのスープに黒パン、近くの木に実っていた果物だ。なんの実だろう？　見た目は桃っぽいけど。鑑定とかできないかな……と思っていたら、頭の中に情報が浮かんできた。

《ピーモ》

どこでも育つ木に実る、甘い果実。皮が濃いピンクになった頃が食べ頃。薄い色の実はものすごくすっぱい。

鑑定、できちゃった。何これ、チート？　鑑定って、なんとなくレベルが高い人しかできないイメージだけど。とりあえずこの世界の常識を覚えるまでは黙っておこう。ないとは思うけど、誰もできないことだったりしたら、面倒くさいことになりそうだし。

人のことも鑑定できるのかな？　ちょっと気になるけど、勝手に鑑定するのは駄目だよね。人の個人情報、盗み見てるみたいでなんか嫌だし。……あ、自分のことも鑑定できるのかな？　一人の時間ができたらやってみよっと。

「どうした、チナ。ボーッとして」

「あっ。なんでもないです。……ん～！　このくだもの、おいしいです！」

ピーモは見た目だけじゃなくて味も桃に似ていて、とても美味しかった。しめじっぽいきのこといい、桃っぽいピーモといい、この世界の食べ物は前の世界に似たものが多いのかな。それはちょっと嬉しいな。


食事が終わったらみんなで話し合いだ。今日から町に向かって進んでいく。ここから町までは大人の足だと一日あれば着くらしい。ただ、今回は私もいるので余裕を持って二日かけて進んでいくそうだ。

「あの、さんにんはこのもりで、なにしてたんですか？　このまま、まちにむかってしまって、だいじょうぶですか？」

私はずっと気になっていたことを聞いてみた。まあ、私がいる状態じゃ、町に行くしかないだろうけど。

「大丈夫だよ。僕たちはお仕事でここに来てたんだけど、お仕事も終わって、もう帰ろうかってところでチナちゃんに会ったから」

「そうそう。仕事が思ったより早く終わったからな。時間には余裕がある。軽く探索でもしながらのんびり帰ろうって話してたところだったんだ。だから、あんまり予定は変わってないな。チナが気にすることは何もないぞ」

もしかしたら、私に気を遣ってそう言っただけかもしれないが、気持ちが少し楽になった。

「ありがとうございます。じゃあ、これからまちまで、よろしくおねがいします」

そう答えると、アルトさんが少し眉を下げて悲しそうに微笑んだ。どうしたんだろうと思って首を傾げると、アルトさんが口を開いた。

「……ねぇ、チナちゃん。そんなにかしこまって喋《しゃべ》らなくていいんだよ？　もっと気楽に話してくれた方が嬉しいな」

カイルさんとライさんも大きく頷いている。

「わかりま……じゃなくて、わかった。ありがと」

少し照れくさかったけど、三人とも満足そうに頷いて順番に頭をなでてくれる。私も、みんなと少し仲良くなれたような気がして嬉しかった。

「よし！　じゃあ出発するか！　チナはライに抱えてもらえ」

二回も転んだ前科からか、カイルさんにそう言われる。

確かに今の私では、一日中歩き続けるっていうのは難しいだろうから、素直に頷く。

「うん！　ライさん、おねがいします！」

カイルさんの言葉に頷くと、ライさんが眉をしかめ、少し不機嫌そうな顔で見つめてくる。

「ご、ごめんなさい。ちゃんとあるけるようにれんしゅうします」

「……そうじゃない。抱っこはいつでもする。ていうかしたい」

「………？」

「……ライさん、ってなんかやだ」

「じゃあ……ライくん？」

表情は変わらないけど、心なしか目をキラキラさせたライくんが両手を広げる。ライくんに近づいて首に腕を回すと、スッと持ち上げられる。あまり筋肉はついてなさそうに見えたけど、かなり力はあるらしい。軽々持ち上げられたことに少し驚いた。

◇◇◇

先頭はカイルさん、真ん中に私を抱いたライくん、後ろにアルトさんの順番で並んで歩く。川に背を向け、まっすぐに草原をかき分けて進んでいく。

ライくんに抱えられて視界が開けたことで、周囲がよく見えるようになった。でも、視界に映るのは草と木のみ。代わり映えしない景色が続く。

そんな中でも、まっすぐに迷いなく進んでいくカイルさん。この代わり映えしない景色だと、そのうち迷いそうだ。カイルさんはどうやって道を把握しているんだろう？

ふと、探索魔法なんてものがあったな、と思い出した。確か、私が読んだ本で主人公は軽々と探索魔法を使っていた。冒険小説では定番の魔法だろう。無意識に鑑定が使えたチート臭い私だったら、使えるんじゃないだろうか……？

そういえば、コウモリは発した超音波の反射で地形を把握しているんじゃなかったっけ……と思い出し、周囲に魔力を放つイメージをする。そもそも魔力について何も知らないのだが、魔法はイメージが大事ってよく聞くし……なんて自分に言い訳をしながら。

その時、何かが引っかかったような感覚がした。意識してその感覚を探ってみると、頭の中に地図が浮かぶ。――まじか、できちゃったよ………。

ポツポツと木が連なり、背後には大きな川。その後ろに複雑に絡み合った木々があるのが分かる。範囲は……半径一キロメートルくらいは分かるんじゃないだろうか？　やっぱりチート……？

なんてことを考えていると、突然カイルさんが進む方向を変える。何を目印に……!?　と静かに驚く。私が探索している範囲には何も変わったことはない。木々が点々としている以外には何もない、ただの草原だ。カイルさんの探索が私のよりも広い範囲に及ぶものだからなのか、それとも私には見えない何かが見えているのか……。内心首を傾げる。

そこで私は、冒険小説にはもう一つ定番魔法があったことを思い出した。その名も、索敵魔法。何を隠そう、これさえあれば敵の数、位置、強さが丸分かりなのである。初期魔法にして最強魔法だ。

ただ、これはイメージが難しい。探索魔法の方はコウモリ大先生というお手本があったからすぐにできたが、索敵とは……。そもそも敵意なんて曖昧《あいまい》なもの、どう感知すればいいのか。この世界での魔法の概念を、私は全然知らない。魔物がいる、というのは昨日のカイルさんとアルトさんの会話でなんとなく分かったけど、そもそもその魔物がどういったものか、分からないのだ。ただただ凶暴な生き物なのか、それとも魔力を持った生き物なのか、はたまた形のない魔の者という概念なのか……。

うん、考えても分からん！　私は開き直った。知らないことを考え続けてもしょうがない。これは聞くしかない。とはいっても、今話しかけるのは迷惑じゃないだろうか？　魔物がいる世界なんだし、多分、常に警戒しながら歩いてるんだよね……？　と思いながら顔を上げると、バチッとライくんと目が合う。

目が合ったことにびっくりして固まっていると、ライくんがゆっくりと口を開く。

「……面白いね」

「え、なにが？」

思わず心の声がそのまま漏れてしまった。

「……百面相」

どうやら私は観察されていたらしい。考えていることが全て表情に出ていたようだ。恥ずかしくて顔が熱くなる。

「……真っ赤」

言わなくていいよ！　分かってるよ！　私はライくんの肩に顔を埋《うず》めた。恥ずかしすぎる……。

「あー、駄目だな」

唐突にカイルさんが呟《つぶや》く。

「どうしたの？」

アルトさんが問いかけると、カイルさんが立ち止まって振り返る。ライくんとアルトさんも立ち止まり、アルトさんがライくんの横に並んだ。

「魔物だ。なるべく遭遇しないように避《よ》けてきたんだが、この先にいるのを避けられそうにない」

やっぱり。カイルさんが進む方向を変えていたのは、魔物を避けていたかららしい。悩ましげにチラッとこちらを見るのは、私に配慮してくれているからだろう。やっぱり、優しい人たちだ。

「……ああ、あれか。僕だけ先に行ってこようか？」

何かを考えていたアルトさんが「ちょっとコンビニ行ってくる」くらいの気軽さでそう言う。

ギョッとした私とは反対に、カイルさんとライくんは頷いた。

「そうだな。そうするか」

私は慌てて声をかけた。

「え、だいじょうぶなの!? まものでしょ!?」

魔物が何かは分かっていない私だが、危険なものであることは分かる。一人で行かせるなんて大丈夫なのだろうか。

私が相当不安そうな顔をしていたのか、カイルさんとアルトさんが突然吹き出した。

「ふふっ。心配してくれてるの？ 大丈夫だよ。こう見えても結構強いから、僕」

「なんなら見学するか？ チナが怖いかと思って迷ってたんだが、その様子じゃアルトを一人で行かせる方が心臓に悪そうだ」

え、そんな感じ？ なんか、かなり余裕そう？ なんの気負いもない三人を見てあっけに取られる。そんな感じなら、見学……してみようかな？

「よし、じゃあ行くか。怖かったら目を瞑っててもいいから、暴れるのと大声を出すのはやめろよ。危ないからな」

分かった、と頷く。

今度はアルトさんを先頭にして、カイルさんは後ろだ。

三百メートルくらい歩いただろうか。少し先の木の陰に動くものが見えた。

「いたな」

「じゃあ、チナちゃんはここで待っててね。ライから離れちゃ駄目だよ」

アルトさんは私の頭をひとなでして、颯爽《さっそう》と駆けていく。瞬きする間もなく抜いた剣は、敵に気づかれる前にその命を奪った。近くにいた魔物の仲間がようやくアルトさんに気づく。一頭が右から飛びかかり、牙を剥《む》き出しにして噛みつこうとした。

私は恐怖に身を硬くしたが、アルトさんはスラッと後ろに避け、剣を一振り。見事命中して魔物はドサッと崩れ落ちる。

その隙に、正面の一頭と左の一頭が同時に飛びかかる。悲鳴を上げそうになった口を両手で押さえ込み、私は息を詰めた。

アルトさんは正面の一頭を剣で受け流しながら左手はもう一頭に突き出す。アルトさんが何かを呟いた声が聞こえた直後、水の刃が魔物を真っ二つに切り裂いた。受け流された一頭は尻尾《しっぽ》を巻いて逃げていく。

あっという間の出来事だった。剣についた血を払ったアルトさんは、それを鞘《さや》に収め、こちらを振り返る。

「終わったよー！」

私たちはアルトさんの元へ集まる。

足元には倒れた魔物が三頭。なかなかにグロい。魔物はオオカミの姿をしていた。灰色で、大型犬くらいの大きさだ。

そして、この魔物たちは黒いモヤのようなものを纏《まと》っていた。これが魔物の特徴なのだろうか。息絶えた魔物たちからは、そのモヤが少しずつ霧散《むさん》しているように見える。

完全に消えてしまう前に急いで鑑定してみると、このモヤは魔力だということが分かった。魔物特有の魔力であるらしい。詳しいことは分からなかったが、それで十分だ。索敵ではこの魔力を探せばいいだろう。できるかは分からないけど……。

「チナちゃん、大丈夫だった？」

私がじっと魔物の亡骸《なきがら》を見つめていると、アルトさんがかがんで私の顔を覗き込んできた。

突然現れたアルトさんの顔にびっくりして、少しのけぞる。ライくんにもたれかかった私の口からは、無意識に言葉が出ていた。

「アルトさん、すごいねぇ」

アルトさんは苦笑いで「大丈夫そうだね」と私の頭をなでる。

「……俺も」

唐突にライくんが口を開いた。ん？　アルトさんになでてほしいの？

「……俺も、あれくらいは、余裕」

あ、そっちか。アルトさんに対抗意識を向けるライくん。反抗期真っ盛りの弟みたいで可愛い。

私の右手は自然とライくんの頭に乗っていた。

「ライくんも、すごいねぇ」

黙ってなでられるライくん。可愛すぎる。

「そろそろ行くぞ」

カイルさんが魔物の亡骸を鞄《かばん》にしまいながら言う。明らかに魔物より小さな鞄だが、亡骸はスルッと消えてしまった。おそらく収納魔法つきの鞄なのだろう。実は昨日、テントや調理道具がそこからスルスルと出てくるのを見ていたのだ。欲しい……。とはいっても、今の私はそこに入れる荷物を何一つ持っていないんだけど。

血に濡れた地面を、アルトさんが魔法で出した水で洗い流す。そして再び、カイルさん、私を抱えたライくん、アルトさんの順で歩き出した。目的の町は、まだまだ先だ。

◇◇◇

途中で野営を行い、異世界生活三日目の朝が来た。

代わり映えのない景色に、体力より先に精神がやられそうである。

今日は抱っこじゃなくておんぶをお願いした。昨日、私の百面相を見られてものすごく恥ずかしかったのだ。自分がこんなに顔に出るタイプだなんて知らなかった。それに、抱っこよりもおんぶの方がライくんも楽だと思うからね。

さて、ライくんの背中で暇になった私は魔法の練習中だ。昨日は分からなかった索敵魔法ができるようになりたい。索敵に引っかかってほしいのは魔物だ。

魔物は昨日、偶然にも見ることができた。黒いモヤを纏った、オオカミの魔物。ほぼ全ての魔物が、あのモヤを纏っているという。ということは、あのモヤを察知することができれば、魔物の居場所が分かるということだ。

昨日見た魔物を思い出し、あのモヤの魔力を思い浮かべる。——ほの暗くて、ひんやりとした嫌な感じのする魔力……。探索魔法と同じように、周囲に神経を張り巡らせてそれを探す。

……見つからない。まあ、そもそも魔物が近くにいなければ分からないもんね。これで合っているかも分からないが、見つかるまで続けてみよう。

時々休憩を挟みながら、ぐんぐん突き進んでいく。

お昼を過ぎた頃だろうか。索敵に、微弱ではあるが反応があった。正面方向に五つほど、小さな冷たい魔力を感じる。

「チナ、見てみろ」

カイルさんが指し示したのは、私が魔力を察知した方向だった。そこには小さなウサギのような生き物が数羽。黒、白、茶色の子がいる。

「かわいい……！」

ウサギを驚かせないように小声で呟いた。ピョコピョコと飛び跳ねるウサギは、毛がモコモコで目がクリクリの愛らしい見た目をしている。

「よく見てみろ」

そう言われ、じっと目を凝らしてウサギを観察する。ウサギにバレないよう遠めからだったので、最初はよく分からなかったけど、そのウサギには僅かにモヤがまとわりついていた。

「——え、まもの……？」

確かに、私が感知していた魔力とも場所が一致している。

「気をつけろ。あんなに可愛らしい姿をしていても、あいつらは凶暴な魔物だ。ああいった類《たぐい》の魔物に、何も知らず近づいた子供が襲われる事件はよく聞く」

見た目に騙《だま》されてはいけない、ということか。あれは仲良くなれるようなものではない。容赦《ようしゃ》なく人を襲うし、死に至らしめるだけの力もある危険な魔物だということだ。

私たちは、ウサギの魔物に気づかれる前に遠回りをして、そこから離れた。相手が人を襲う魔物であったとしても、無駄な殺生《せっしょう》はしない。それがカイルさんたちの方針だそうだ。

こうして、避けられる魔物は避け、避けられない魔物は倒しながら進んでいく。

夕方になる前には森を抜け、日が暮れる前に目的の町に辿り着いた。

3

「チナ、見えてきたぞ。あれが、ルテール町《まち》の入り口だ」

ここはルテール町というらしい。そういえば聞いてなかったな、目的地の町の名前。

門の前には、冒険者や商人、旅人らしき人がたくさん並んでいた。

「ひとが、いっぱいだね」

「ああ、ここはわりと大きめな町だからな。門のところで兵士が町に入る人を確認してるんだ。あそこに並んで身分証を提示しないと町には入れない」

なるほど、犯罪者を町に入れないようにするためか。町に住む人々を守るためには大切な制度だ。ただ……。

「わたし、みぶんしょうもってない……」

身分証どころか、着の身着のまま無一文なんだけど、ここまで連れてきてくれたってことは、何か入る方法があるんだよね……？　もしかして、このまま兵士さんに引き渡されたりするのかな？

ここまで来たはいいものの、これから私がどういう扱いになるのか分からなくて不安になる。

「大丈夫だよ。身分証がなくても、お金を払って、悪いことをしてないか調べられる水晶板に手をかざすんだ。それで、悪いことしてないって分かれば町に入れる」

アルトさんのその言葉を聞いてホッとした。ひとまず町には入れそうだ。

「わかった。じゃあ、まちにはいるためのおかねかしてください。しゅっせばらいでかえします」

「チナちゃん、難しい言葉知ってるんだね」

私の出世払いという発言に、みんなクスクス笑っている。私は真面目に言ってるのに。

そこで突然、カイルさんが慌てたように声を上げた。

「あ、そうだ、ライ。チナに外套《がいとう》貸してやれ」

「がいとう？　なんで？」

「チナのその容姿は目立つからだ。下手に注目を浴びたくないし、無駄に危険に晒《さら》したくもない。少し窮屈《きゅうくつ》かもしれないが、我慢してくれ」

「あ、そっか。わかった……ライくんありがと」

私の安全を考えてくれての提案だった。まだ会ったばかりの私にこんなに良くしてくれるなんて……。これからどうなるかは分からないけど、三人と離れることになるならすごく寂しい。離れたくないな……。

ライくんに借りた外套に身を包み、抱え上げられる。正直、大きすぎて外套を着ているというより、毛布に包まれた荷物みたいになっていた。

外套の隙間《すきま》から外を覗き見ると、何故か三人は列を無視して前に進んでいく。

塀の下まで来ると、行列ができている大きな門とは別に、人が二、三人は同時に通れそうな大きさの扉があった。

「俺たちみたいにここらで活動している冒険者には、専用の出入り口があるんだ。いちいちあそこに並んでいたら、仕事に支障が出るからな」

なるほど。よくできた仕組みだと思う。扉の横には小窓がついており、そこから兵士さんらしき男性の顔が見えた。

「あっ！　カイルさん、アルトさん、ライさん。おかえりなさい！」

「おう、ただいま。悪いが水晶板を出してくれ」

三人はサッと身分証を提示し、兵士さんが確認した後すぐにしまってしまった。

「はい、確認しました……水晶板ですね。はい、こちらに手をかざしてください」

兵士さんはサッと透明な板を出す。ライくんに促《うなが》されて私が手をかざすと、板は青色に光った。

「はい、大丈夫ですね」

「ああ。確か、銀貨二枚だったたか？」

「はい……銀貨二枚、ちょうどですね。どうぞ、お通りください」

「ああ、ありがとな。お疲れさん」

兵士さんはニコッと笑ってお辞儀をする。すると、扉が静かに開いた。

「カイルさんたち、あのへいしさんと、しりあいだったの？」

「ん？　ああ、違うぞ。俺たち、実はちょっと有名なんだよ……まあ、この話は後でな。とりあえず、ギルドに向かうぞ」

有名人……。すごく強いから？　私は、すごい人たちに拾ってもらったのかもしれない。

扉をくぐるとそこは、想像以上に栄えている町だった。尖った三角屋根の建物が両脇に連なった広い道には、人々がひしめき合っている。噴水前にいる吟遊詩人《ぎんゆう》、その反対側には大道芸人。串焼きの屋台に、手作りアクセサリーの露店。いかにも、ファンタジーな街並みだ。

思わずライくんの腕から身を乗り出して、キョロキョロと周りを見ていると、腕の中に押し戻される。

「……チナ。危ない」

「落ち着けチナ。ゆっくり見て回る時間は、たくさんあるから。今は大人しくしとけ」

「そうだよ、チナちゃん。町に来て興奮する気持ちは分かるけど、まずはギルドに行かなきゃいけないからね」

全員に注意されてしまった……。少し興奮しすぎて、子供っぽさが全面に出ていたらしい。

シュンとして俯《うつむ》いていると、カイルさんにフードの上から乱暴に頭をなでられた。

「……後で連れてきてやるから、そんなに落ち込むな。どこ行きたいか、考えておけよ」

「……！　うん！　ありがとう、カイルさん！」

私はこんなに単純だっただろうか……。

◇◇◇

町並みを眺めながら少し歩くと、冒険者ギルドに辿り着いた。両開きの扉が大きく開放されている、大きな建物だ。

ギルドの中は、広いロビーの正面に受付カウンター、右側の壁にはたくさんの依頼書が貼り出されている。左側には食堂もあって、数人の冒険者が食事をしている。

「あれ、あんまりひといないんだね」

「まだ外で活動できる時間帯だからね。もう少しすると、たくさんの冒険者で溢れ返るよ。チナちゃんは潰されちゃいそうだから、絶対に一人で来たら駄目だからね」

何それ怖い。少し震えながらコクコクと頷く。

受付カウンターに行くと、綺麗なお姉さんが対応してくれた。

「おかえりなさいませ。カイル様、アルト様、ライ様」

「ああ、ただいま。ギルマスいるか？」

「はい。お呼びいたしますので、少々お待ちください」

お姉さんが奥の部屋に入っていったが、すぐに戻ってきた。その後ろから、筋骨隆々の大きな男の人が出てくる……すごいマッチョだ。

「よぉ。今、時間あるか？」

「ああ、なんだ？　お前から会いに来るなんて珍しいな」

「まぁ、ちょっとな」

「……分かった。上で話そう」

ギルマスさんに見られている気がしたから、ペコリとお辞儀しておいた。第一印象、大切。ギルマスって、ギルドマスターのことだよね？　上の人には媚《こ》びておくべきだ。


二階の奥の部屋に入ると、ギルマスさんは扉の鍵を閉め、机の上にある四角い箱のようなものにポンと触れる。その瞬間、体の中を何かが通り抜けていくような感覚がして、少しビクッとした。

「……チナ、今のは防音結界張っただけ。だから、大丈夫」

その言葉と同時に、外套のフードを取られる。防音結界……じゃあ、あの箱は魔道具？

キラキラした目で箱を見ているのに気づかれ、みんなに笑われてしまった。また全部顔に出ていたらしい。恥ずかしい……。

◇◇◇

私はライくんの膝の上、その両隣にカイルさんとアルトさん、正面にギルマスさんが座る。

外套を脱いだ私は、緊張の面持《おもも》ちで目の前のギルマスさんをまっすぐ見つめた。

「ダングルフ、この子はチナ。ルテール森林を横断する川の近くで出会った。チナ、このおじさんはダングルフ。一応、このギルドで一番偉い人だ」

「チナです。よろしくおねがいします」

ペコリと頭を下げて挨拶する。礼儀、大事。

「チナちゃん、こんにちは。しっかり挨拶できて偉いな～。俺はダングルフだ。ダン爺《じい》って呼んでくれ」

……え、初対面ですよね？　なんだか私を見る目が完全に孫を見る目なんですが？　なんでも買ってあげるよ～って顔してるんですが？

思っていたのと違って少し困惑するが、邪険にされるよりは断然いい。少し微笑んでおいた。

「おい、あんたまだ爺さんって年齢じゃないだろ」

「俺と同い年の知り合いに、この間孫ができたんだよ。俺も孫欲しい」

「孫の前に嫁さん貰《もら》って子供を作れ」

「お前が俺の子供みたいなもんだろ、カイル。そのお前が連れてきた子なんだから、俺の孫でもいいだろ」

「良くねえよ！　それに、あんたみたいな親父がいてたまるか！」

突然、カイルさんとダングルフさん――ダン爺が言い合いを始めた。

置いてけぼりの私に気づいたアルトさんが、呆れ顔で口を挟む。

「……二人とも、チナちゃんがポカーンってしてるよ……チナちゃん、これ、いつものことだから気にしなくていいからね？」

え、いつものことなんだ……。アルトさんが止めなかったらいつまでも言い合ってそうだった。

二人とも、あからさまに「しまった」という顔をしてこちらを見ている。そっくりだ。

ダン爺は、全然お爺ちゃんに見えないくらい若々しい。けど、それ以外の表情とか雰囲気がお爺ちゃんっぽいので、本人の希望通りダン爺って呼ばせてもらうことにする。

「まあ、ふざけるのもこれくらいにして」

やっぱりふざけてたのか……。ダン爺はキリッとした真面目な顔をして話し始めた。

「チナちゃんに、少し聞きたいことがあるんだけどいいかな？」

「うん。だいじょうぶだよ」

お爺ちゃん扱いをお望みのダン爺に従って、私は子供らしさ全開で返事をした。優しいまなざしで、私を気遣ってくれていることが分かる。

「ありがとう……チナちゃんはいくつかな？」

「……たぶん、ごさいくらい？」

「チナちゃんが生まれたのは何ていうところか分かる？」

「わかんない」

「チナちゃんのお父さんとお母さんの名前は？」

「わかんない」

「どうやって森に入ったのか覚えてる？」

「おぼえてない。めがさめたら、あそこにいて、どうしよっかなってかんがえてたらアルトさんたちがきたの。それよりまえのことはわかんないよ」

さすがに、私が異世界転生者であることは言えない。言ったとして、信じる信じないの前に理解できるかどうか……。嘘をつくのは心苦しいが、これは必要な嘘だと自分を納得させて質問に答えた。

どんどんみんなの顔が辛そうに歪《ゆが》んでいったから、何も気にしてない、と伝えるように元気いっぱい答える。ただ、あまり効果はなかったみたいだ。

「そうか……。答えてくれてありがとう。また聞きたいことができたら、聞いてもいいかな？」

「うん、いいよ」

「よし！　じゃあ、俺たちはまだ話があるから、ライとチナは下で飯でも食ってこい。ギルドの飯は美味いぞ！」

そう言いながら、カイルさんは私にフードをかぶせた。ライくんは私のおもり係に任命されたようだ。まあ、ここに来るまでの間もずっとそうだったけど。苦労をかけてすまんな。

そのまま、私はライくんに抱かれ食堂へ向かう。ライくんの肩越しにダン爺と目が合ったので、小さく手を振ってみると、ものすごくデレデレした顔で手を振り返してくれた。その反応に、アルトさんとカイルさんはちょっと引いていた。

私とライくんは、二人で食堂のカウンターに座った。

最初、私は椅子に一人で座ろうと思って降ろしてもらったのだが、私の目線が机と同じ高さだった。これじゃあ、ごはんは食べられない。ライくんはそっと私を持ち上げ、膝の上に乗せてくれた。

今は優しく頭をなでられている。なんだか、憐れまれているような気がするんだけど、気のせいだよね……？

メニューを見てみると、そこに書かれていたのは見たこともない文字だった。不思議なことにその文字はスラスラと読めたのだが、それがどんな料理か全く分からなかった。五歳くらいの子供が文字を完璧に読めるのもどうかな？　と思い、ライくんのおすすめをお願いした。

二人でボーッとしながら待っていると、ドンッと大きなどんぶりが目の前に置かれた。見た目は完全に牛丼だ。ただ、これは……。

「ライくん、ライくん。わたし、こんなにたべられない」

どう見ても子供が食べきれる量じゃなかった。前世の大人な私であっても少し厳しいかもしれない。

「……大丈夫。残った分は、俺が食べる」

「え、けっこうりょうあるけど、そんなにはいるの？」

「……いつもは大盛り。今日は普通」

この量で普通盛りだなんて。さすが、冒険者ギルド。それにしても、私が残すことを見越していつもより少ない量を頼むなんて。この男、やるな。

「そっか。ありがと。じゃあ、いただきます」

「……いただきます」

牛丼もどきは、見た目だけでなく味も完璧に牛丼だった。社畜時代、週三で食べていたこの味……。懐かしい。それに、米！　米がある!!　異世界のお米といえば、家畜の餌《えさ》っていうのが定番だと思ってたから、これは嬉しい。牛丼の味を再現できてるってことは、醤油《しょうゆ》もあるよね。ごはんに困ることはなさそうだな。良かった。

私はやっぱり半分食べたところでおなかがいっぱいになり、残りはライくんのおなかの中に収まった。

「ふぅ。おいしかった。ごちそうさまでした！」

「……ごちそうさま」

おなかがいっぱいになって眠くなってきた私は、ライくんと会話することもなく、ボーッとカイルさんたちを待つのだった。

4　――カイル視点――

ライとチナが出ていった部屋の中で、俺たち三人は真剣な表情で話し合っていた。

「どうしよう。チナが可愛すぎる」

「さっきのチナちゃん見たか？　ライの肩からチラッとこっちを見て、俺に向かってあの小さな手を振ってくれたんだぞ。思わず昇天するところだった」

「チナちゃんに可愛くないところなんてないんじゃないか？　顔をグチャグチャにして大泣きしている姿まで可愛かったからな」

「なんだそれは。聞いてないぞ。あんなに可愛いチナちゃんが泣いていたなんて。事と次第によってはお前に消えてもらうことになる」

「いやいやいや、ちょっと待ってくださいよ！　チナちゃんが泣いていたのは、初めに会った時です。人に会ってびっくりしたのか、急いで逃げようとして転んで。僕の顔を見たら、人に会えた安心感からか、さらに泣き出しちゃったんですよ」

「そうか、つまりお前が泣かせたんだな。よし！　歯ァ食いしばれ‼」

いや、最初にチナが可愛いと言い出したのは俺なんだが……なんだこれは。チナには過保護な保護者が多いな。ライだって、チナのそばから離れたがらないし。それに、ダングルフがチナのことをここまで気に入るのは、予想外だった。

しかし、今はこんな無駄話をしている場合ではない。チナについてちゃんと話し合わなければ。――あの子は、守らなければならない子だ……。

「二人とも落ち着け。今はそれよりも話し合うことがあるだろ」

「……ああ、そうだったな。すまん」

「ギルマス……あの子は『精霊王の愛《いと》し子《ご》』で間違いないですよね？」

チナは、ひと目で分かるほどに美しかった。顔立ちや格好もそうなんだが、あの子の「色」には本当に驚かされたのだ。

「そうだろうな。愛し子の色が、あんなに綺麗だとは……。風の緑に、水の青、そして闇の紫か。……三百年ぶりに現れた愛し子が、まさか三人もの精霊王に愛されているなんてな」

「それだけじゃないぞ、ダングルフ。よく見ないと分からないが、チナの目には光の金も入っている」

「な⁉　嘘だろ。闇だけではなく、光まで……」

精霊王の愛し子とは、その名の通り精霊王に愛された魂を持って生まれてきた子のことだ。精霊王は、風、水、火、土、闇、光の六人。魔法属性はこれに加え、無属性魔法がある。

風の緑、水の青、火の赤、土の橙《だいだい》、闇の紫、光の金。アルトやライのように、これらの色を持って生まれてくる者は時々いる。このような人は、その色の属性魔法が人よりうまく扱えると言われている。アルトは水属性と光属性、ライは風属性が得意だ。

アルトやライと、チナの決定的な違いはその色だ。精霊王の愛し子であるチナの色は、輝く光を纏っている。チナ自身が光っているわけではないのに、どこかキラキラしているように見えるのだ。神々しいとさえ言えるほどに。

そして、愛し子となるとその色の属性魔法が得意なことに加え、危機が迫った時には精霊たちが手助けしてくれると言われている……チナが森に一人でいた時は、精霊王にとって危機とは言えなかったのだろうか？　それとも、すでに助けられたから、俺たちと出会えた……？

「なあ、ダングルフ。複数の精霊王に愛された子なんて、精霊姫《ひめ》以外にいたことはあるか？」

「……俺の知る限りじゃ、いないいな」

精霊姫とは、この世界に初めて生まれた存在で、全ての精霊王に愛され、世界を整えたと言われている者。

この世界が造られたのは、三千年以上前と言われている。つまり、チナは三千年ぶりに現れた精霊姫と近い存在ということか？　全ての精霊王ではないにしろ、四人もの精霊王に愛されている存在など、この三千年間、誕生したという記録はないのだから。

「まあ、チナちゃんにどんな秘密が隠されていたとしても、チナちゃんを守っていくことには変わりない。そうだろ？」

「ああ」

「はい」

精霊王の愛し子というだけでも守るべき存在だ。正直、チナがチナじゃなければ王宮に連れて行くことだって考えただろう。あそこにいれば、チナが傷つけられることはない。しかし、政治に利用される可能性は十分にある。そんなところには連れて行きたくないと思うほどに、俺は……俺たちは、チナのことが好きになっていた。チナ自身の魅力が、俺たちをここまで惹きつける。大切にしたい。この手で守りたい。その思いが消えない。俺たちはチナが幸せに暮らしていけるように、全力で守っていく。俺たちの手で、チナの一番の幸せを願って……。

しかし、チナのあの目立つ容姿では自由に外を歩くことさえままならない。少しでも危険を減らすために、せめて見た目だけでも普通の女の子のようにならないだろうか……。

「ずっと顔を隠させているのはかわいそうですよね。そのあたり、精霊王本人がどうにかできたりしないんでしょうか？　チナちゃんを守るためだと言えば、納得してくれそうですし」

アルトも考えていることは同じようだった。その何気ない一言にダングルフが反応する。

「精霊王本人に……そうか！　それがあったか！」

「……？　それができればいいが、そんなこと不可能だろう？　今までの愛し子だって、精霊王本人には会ったことがないって言われているじゃないか」

そうだ。精霊王本人に会おうだなんて、夢のまた夢。ダングルフは何をそんなに興奮しているんだ？

「いや、可能性は限りなく低いが、ゼロじゃないぞ。これを見ろ」

突然部屋を出たダングルフが、扉が閉まる間もなく戻ってくる。古臭い、小さな木箱を持って。

「……なんだ、それは」

「昨日、ギルドの使われてない倉庫を整理していたら出てきたんだ。とりあえず、見てみろ」

その中に入っていたのは、ボロボロの紙が紐で綴《と》じられただけの、古い絵本だった。

◇◇◇

――むかしむかし、神様が世界を造ったばかりの頃、神様は六人の精霊王に使命を与えました。

「私の造った世界を整え、生き物が住み、繁栄できる地を作りなさい」

精霊王たちは困りました。今までは、空の上でのんびりと暮らしていただけだったのです。いきなりそんなことを言われても、どうすればいいか分かりません。

そこで、一人の精霊王が提案します。

「まずは一人、生き物を生活させてみよう。その子が必要とするものを、我々が作り出せばいい」

その提案に皆が納得し、精霊王たちは一人の女の子を作り出しました。それが後の精霊姫です。

精霊姫は、神の作った地に降り立ち、言いました。

「私一人では寂しいわ。お友達が欲しいの」

精霊王たちはそれぞれ、精霊姫のお友達を作ることにしました。

風の精霊王は、白虎《びゃっこ》を。

水の精霊王は、フェンリルを。

火の精霊王は、フェニックスを。

土の精霊王は、九尾《きゅうび》の狐を。

闇の精霊王は、ユニコーンを。

光の精霊王は、ペガサスを。

それらが、後の神獣《しんじゅう》となる者たちです。

それから、精霊姫は神獣たちとともに生活し、足りないものを精霊王たちに作ってもらいました。

光の精霊王は朝を。

闇の精霊王は夜を。

土の精霊王は森を。

水の精霊王は湖を。

火と風の精霊王は季節を。

こうして、精霊王たちは生き物が住みやすい世界を造っていきました。

完成した世界に、神様は次々と生き物を生み出していきました。生き物たちが繁栄していった世界を見届けた精霊姫は、神獣たちに見守られながら、安らかにその生を終えました。

精霊姫がいなくなり、悲しみに暮れた神獣たちはやがて、それぞれが精霊姫と過ごした思い出の場所に赴《おもむ》き、その地を守る神獣となったのです。

神獣たちが守るその地には、今でも時折、精霊王たちが降り立ち、世界の繁栄を静かに見守っています――

◇◇◇

その絵本には、精霊姫も神獣たちも、精霊王が作り出した存在と記されていた。

「でも、この話は作り話じゃないのか？　こんな話、一度も聞いたことがないぞ」

ダングルフが真剣なまなざしで答える。

「いや、俺は作り話ではないと思っている……実はその箱は、ここの初代ギルドマスターが王家から賜《たまわ》ったものなんだ。ずっと開かなかったはずなんだが、昨日ふと開けてみようと思って触ったら、すんなり開いてな。不思議なこともあるもんだと思っていたんだが……」

まさか、チナが現れたから開いた、とでも言いたいのか……？

「神獣が守っていたものは、精霊姫との思い出の場所……ですか」

ルテール森林を横断する川の、向こう側にある樹海。その奥には神獣の守る地があると、ずっと昔から言われていた。これは、この町に住んでいる者なら誰でも知っていることだ。

しかし、その神獣がどんな姿をしているか、そこには何があるのか、神獣は何を守っているのか、知る者はいなかった。神獣の姿をひと目見ようと樹海の奥へ入っていった者は皆、気づいた時には樹海の入り口に戻ってきてしまうのだ。

「俺は、行ってみる価値はあると思う。……森の奥で迷い、気がついたら森の入り口まで戻ってきていたという話はよく聞く。俺はそれが、神獣がその地を守っている証拠だと思うんだ。もし神獣に接触することができれば、精霊王に辿り着く近道になるだろう。お前たちなら森の奥の魔物にも対処できるだろうし、チナちゃんを守れるだけの力もある」

ダングルフのその言葉に、あることを思い出した。

「入り口に戻されるっていうのは本当だ。実際に体験してきた。そう考えると、一理あるな」

「ああ、そういえば」と、のんきな反応をするアルトとは反対に、ダングルフは目を見開いて叫ぶ。

「お前ら、そういうことは早く言えよ！　そんな奥まで行く必要はないって言っただろうが‼」

「うっかりだよ、うっかり。俺たちもそこまで行くつもりはなかった。まあ、帰ってこれたんだからいいじゃねぇか」

「報告はちゃんとしとけよ」と、恨《うら》みがましい目を向けてくるダングルフは、脱力して一気に老け込んだようだ。

それはそれとして、これからの方針は決まった。チナがどう反応するかは分からないが、どっちにしても俺はもう一度、樹海の奥に行ってみようと思う。

「よし。じゃあ、今日は一旦解散だな。チナちゃんにはちゃんと話をして、しっかりと考えてもらえよ」

ダングルフはそう言って部屋を出ていった。


俺たちも部屋を出て食堂に向かうと、チナはライの膝の上でスヤスヤと眠っていた。ライはチナを起こさないようにそっと抱き上げて、こちらへ近づいてくる。

「とりあえずの方針は決まった。……この様子じゃ朝まで起きないだろうし、話は明日にするか。今日はもう宿に帰ろう」

宿に戻った俺たちは、チナを寝室に寝かせると、隣の部屋でライに話し合ったことを説明した。ライも森の奥へ行くのに賛成してくれたので、あとはチナの気持ち次第だ。

森から戻ってそのまま話し合いをしていたので、さすがの俺でも疲れが出てきた。少し早めの晩ごはんを食べ、ベッドに潜ると、久しぶりのふわふわの感触に自然とまぶたが下りていた。

5

暖かい日差しがカーテンの隙間から差し込み、目が覚める。どうやら昨日はごはんを食べた後、そのまま眠ってしまったらしい。スッキリとした気持ちでベッドから出る。

今は、日本でいうと春くらいの気温なので、朝は少し肌寒い。腕をさすっていると、隣のベッドがもぞもぞと動き出した。誰だ？　と思い覗き込むと、寝ぼけ眼《まなこ》のライくんが布団から顔を出す。

「……ライくん、おはよう？」

「……ちな。……さむい」

隣で寝ていたのはライくんだった。そっと布団がめくれ、起きるのかな、と思ったらいきなり腕を掴まれ、布団の中に引きずり込まれた。そのまま私は、ライくんに抱きすくめられる。

「……あったかい」

……びっくりした！　びっくりした!!　うん、あったかいよね。私、子供だしね。体温高いもんね。でも、私、元大人だよ？　ライくん、イケメンだよ？　散々おんぶも抱っこもされて、かなり子供らしさを取り戻した気でいたけど、いきなりは駄目だよ！　心臓に悪いよ！

「ライくん、あさだよ」

なんとか落ち着きを取り戻し、ライくんを起こそうと頑張るが効果がない。私はライくんの腕の中から抜け出すのを諦めた。

そのまま、カイルさんとアルトさんが起き出すのを待っていると、隣の部屋から物音が聞こえた。

――コンコン。

「ライ〜、チナ〜、朝だぞ〜」

「カイルさんたすけてー！」

その瞬間、バンッ‼　と大きな音を立てて扉が開く。

「どうしたチナ⁉」

「ぐえっ……カイルさん……たすけて」

助けて、と言うのは良くなかった。カイルさんはめちゃくちゃ焦ってるし、ライくんは大きな音が不快だったのか、私が潰れそうな勢いで腕を締めてくる。

状況を理解したカイルさんは呆れ顔で、容赦なく布団をめくり、私を助け出してくれた。布団も、私という湯たんぽも失ったライくんの眉はしかめられている。

「ライは寝起きが悪いんだ。昨日はチナと同じ部屋がいいって譲らなかったから許したが、やっぱり別にした方が良さそうだな」

「うん。そうしてくれるとありがたい」

「ライはこのまましばらくすれば起きるから、先に顔を洗ってこい。アルトは朝飯を買いに行っているから、アルトが帰ってくるまでは自由にしてろ」

カイルさんに洗面台の場所を教えてもらって顔を洗った。使い方は、前世の洗面台と変わらないようだ。魔石に触れて水を出す、とかやってみたかったのに。ちょっと残念だ。

自由時間ができたので、私は部屋の中を探検した。寝室が二部屋、リビング、お風呂、トイレ、簡易キッチンまである。かなり広い。高級そうな宿だ。


しばらくすると、アルトさんが帰ってきた。ライくんも起きてきたので朝ごはんを食べることにする。今日の朝ごはんはサンドイッチだった。テリヤキチキンにたまご、フルーツサンドまである。パンはふわふわで食べやすい。濃いめの味付けがされた具材がちょうど良く、あっという間に食べてしまった。

「よし。腹も膨れたし、昨日の話をするか」

ついに来た。きっと、私がこれからどうなるかの話だ。私は姿勢を正す。

「まず、チナ。チナのその髪と目の色だが、その色の意味は知っているか？」

色に意味があるの……？　この世界の常識とかまだ分からないし、考えたこともなかった。私は首を横に振る。

「そうか。実は、その色はな……精霊王の愛し子である証《あかし》なんだ」

それからカイルさんは、精霊王について、色の意味について、そして、私がどれだけ特別な存在かを教えてくれた。まさかこれが、精霊王の色だったとは。それに愛し子だなんて……転生者あるあるだな。うん。

「それでな、チナ。お前のその色は目立つだろ？　悪いやつに攫われるかもしれないし、偉いやつに目をつけられていろいろ命じられたら断れないかもしれない。お前が一人で森の中にいたのも、その色が関係している可能性が高い。それで俺たちは、その色を目立たないようにする方法を話し合っていたんだ」

真剣な表情のカイルさんがそう話してくれる。私も、権力者に引き取られて利用されるとか、まっぴらごめんだ。

「結論から言うと、確実な方法は見つからなかった。でも、ギルマスが一つ、可能性のある方法を教えてくれたんだ」

「……それは？」

息を呑んで呼吸を整えたカイルさんが、まっすぐ私を見つめて言った。

「――精霊王に会いに行く」

まさかの発言に私は目を見開く。精霊王って、会いに行けるものなの……!?

「でも、確実に会える保証はないし、会えたからと言ってどうにかできるとも限らない」

「せいれいおうはどこにいるの？」

「ルテール森林の奥深く。神獣が守っていると言われている場所。チナがいた場所から、さらに奥に進んだところだ。……そこにいる魔物は凶暴で大きい。絶対に守ると約束はするが、危険なことには変わりないし、怖い思いもさせてしまうと思う」

「行くかどうか決めるのはチナちゃんだよ」

アルトさんも心配気《げ》にこちらを見つめている。

しかし私は、ある言葉を聞いてからその後の話は耳に入っていなかった。目を開いて固まっているる私を見て、カイルさんたちは顔を歪めている。おそらく、私を怖がらせてしまったとでも思っているのだろう。

「……チナ」

「いく」

「……え？」

「いく」

「だ、大丈夫か？　やっぱり怖いだろ。無理しなくていいぞ」

「こわくない。いく。…………しんじゅう……もふもふ」

私は、まだ見ぬ神獣に思いを馳《は》せる。異世界の神獣といえばもふもふ。むしろ、それ以外ありえるのだろうか？

「もふもふ？　……チナ？　どうした？　おーい」

「……はっ！　……だいじょうぶだよカイルさん！　わたし、こわくないよ！　いってみたい！」

正気に戻った私は急いで取り繕《つくろ》ったが、意味がなかった。そして、吹っ切れた。

「大丈夫じゃないだろ。固まってたじゃないか。無理する必要はないぞ」

「だいじょうぶなの！　ちょっと、もふもふのしんじゅうをそうぞうしたら、しあわせすぎてかたまっちゃっただけなの！」

「もふもふの神獣？　チナは神獣に会ったことがあるのか？」

「ないよ！　ないけど、きっとそんなきがするの！　わたしのたましいが、そこにいけってさけんでるんだよ！」

興奮した私は、もう、もふもふの神獣のことしか頭にない。大のもふもふ好きとしては会いに行かないわけにはいかない。なので、ゴリ押した。ものすごく不自然だが、ゴリ押した。

「そ、そうか。チナがそこまで言うなら行くか。……じゃあ、チナの冒険者登録をしないとな」

私は、冒険者登録という言葉に再び目を輝かせた。

「ぼうけんしゃ……！」

「ああ。魔物のいる森に入るんだったら、冒険者にならないとだからな。それに、ギルドカードは身分証にもなるし、ちょうどいい」

「ぎるどかーど……！」

さっきまでの真剣な表情から一変して、しょうがないなあという目で見られる。

正直、昨日まではその日のことでいっぱいいっぱいで、これからのことなんて考えていなかった。

カイルさんたちに町に連れてきてもらった後は、一人でどうにかするしかないと、なんとなく考えていただけだったのだ。それが、みんな私のことを考えて、守ろうと必死になってくれている。まだみんなと一緒にいられるんだと分かって、嬉しくなった。私は、この数日で三人のことが大好きになっていた。できることなら、これからもずっと一緒にいたいと思うくらいに。

「登録はダングルフがやってくれるだろうし、冒険者のことやギルドのことは、軽く説明しておくか」

そしてカイルさんは、次のようなことを簡単に説明してくれた。

・冒険者にはランクがある。ランクは上から順に、S、A、B、C、D、E、F、G。初めはGランクから始まり、条件を満たすとランクアップできる。
・冒険者は何歳でもなることができるが、十二歳以下の冒険者が依頼で町の外に出る場合は、十三歳以上かつ、Eランク以上の冒険者が一緒でなければならない。
・依頼は、自分のランクより二つ下のランクまで受けられる。
・自分のランクより上の依頼を受けたい場合は、その依頼を受けられる冒険者二人以上と一緒であり、ギルド職員に認められた場合にのみ受けることが可能となる。
・依頼達成率が低かったり、素行《そこう》が悪かったり、問題を起こした場合は、その度合によって、謹慎、ランクダウン、もしくは冒険者資格の剥奪《はくだつ》が行われることがある。

「チナちゃんは他に聞きたいこととか、気になることとかある？」

気になることか。そういえば……。

「カイルさんたちはちょっとゆうめいだっていってたでしょ？　なんでゆうめいなの？」

町に入ってすぐの時に言っていたことだ。門の兵士さんや、ギルドの受付嬢の様子からして、かなり知られているように感じたが……。

「ああ、そういえばそんなこと言ったな。……俺たちはまあ、冒険者としてはかなり強いんだ。ランクで言うと俺は一番上、アルトとライはその次のランクだな。その三人がパーティー……仲間として一緒に行動しているのは少し珍しいんだよ。俺たちと同じくらいのランクの者は、基本的にはパーティーを組まずにソロで活動するか、少し下のランクのパーティーにサポート役や教育係として入っている。だから俺たちは有名っていうか……目立ってる」

なるほど。最強ランク冒険者のパーティーだから目立つのか。そうか……。最強ランクか……。

「そうなんだ……。みんなはどうして、パーティーをくもうとおもったの？」

その疑問に答えてくれたのはアルトさんだった。

「最初はギルマスに言われたんだよね。少し特殊な依頼があって、三人で協力してやってくれって。三人ともソロでやってたから最初はぎこちなかったんだけど、だんだん相性がいいことに気づいてね。依頼が終わった後もなんとなく一緒にいることが多くなったんだ。ギルマスも、また特殊な依頼が来たら俺たちにお願いするから、一緒にいてくれた方が楽だって言ってたし、その流れでパーティーを組むことになったんだ」

「だから俺たちはダングルフから直接指示された依頼しか受けない。人によっては『贔屓《ひいき》だ』とかいうやつもいるが、正直、他のやつには任せられないような依頼ばかりだしな。何と言われても気にしていない。……それに、通常依頼を受けたら俺たちならあっという間に終わってしまうからな。他の人の仕事を奪わないように、そうすることに決めたんだ」

そうか、三人はダン爺直属の特殊部隊みたいなものか。となると、特殊な状況にいる私と一緒にいてくれるのもそのため……？

「チナちゃんと一緒にいるのは、ギルマスに言われたからじゃないよ」

私の表情から何を考えているのか察して、アルトさんがそう言ってくれた。

「そうだぞ。俺たちはチナと一緒にいたいからいるんだ。チナが良ければ、これからもずっと一緒にいたいくらいだよ」

「……チナが大人になるまで、一緒にいる」

三人のその言葉に、嬉しくて泣きそうになった。

「いっしょにいていいの？　じゃまじゃない？」

「依頼があれば、チナを置いていくことになるが、それ以外は一緒にいたいと思ってる。それに、俺たちに来る依頼はものすごく数が少ないんだ。多くても三ケ月に一回。依頼自体が一ヶ月以上かかることもあるけどな。依頼が特殊な分、報酬も多いし」

「そうだね。僕たちがいない間は、ギルマスにでも預かってもらえばいいし。チナちゃんが良ければ、だけどね」

そんなの、決まっている。

「……うん！　わたしも、みんなといっしょにいたい！」

そう言った瞬間、みんなの顔が輝いた。

「そうか……！　じゃあ俺たちは、これからも一緒だ！　チナも俺たちのパーティーメンバー入りだな！」

「うん！　わたしも、みんなといっしょにいらいをうけられるくらい、つよくなるね！」

「おう、期待してるぞ！」

この言葉が近いうちに本当になることは、まだ誰も知らない。

◇◇◇

お昼を過ぎて、私たちはようやく宿を出た。これから、私の冒険者登録をするためにギルドへ向かう。

「僕は買い物に行ってくるよ。いろいろ、揃《そろ》えなくちゃいけないしね」

アルトさんは別行動のようだ。私の方を向いて意味ありげに微笑んでいる。……なんだろう？

「よし、じゃあ俺たちはギルドへ行くか！」

◇◇◇

ギルドに着くと、ダン爺が出迎えてくれた。

「チナちゃんいらっしゃい。さあ、こっちにおいで」

だんだん子供らしい行動に抵抗がなくなってきた私は、両手を広げてライくんの腕からダン爺の腕の中に移る。そのまま昨日の部屋に移動した。昨日、私が防音結界の魔道具を気にしていたのを覚えていたのか、私に起動を任せてくれた。魔道具に触れると、腕を何かが通り抜ける感覚がして防音結界が張られる。楽しい。

今日はダン爺の膝の上が私の場所だった。

「……そうか。行くと決めたか。……チナちゃん、森の中は危険だ。カイルたちなら大丈夫だと思うが、絶対にみんなから離れてはいけないよ」

「はい！」

私は片腕をピンと上げ、大きく頷いた。

「よし。じゃあ、チナちゃんの冒険者登録をしようか」

「やった～！」

冒険者登録の手順は、登録用紙に必要事項を記入して、新品のギルドカードに血を一滴垂らすだけだ。

「チナちゃんはここに名前を書いてね。はい、これがチナちゃんの名前だ。これをお手本にして真似して書けばいいからね」

他の項目はすでにダン爺が埋めてくれていたようだ。保護者の欄にカイルさんたちの名前が書かれていて、顔がにやけてしまう。

私はペンを手に取り、まずはお手本の下に練習書きをした。子供らしい字を意識して書かないとね……と思ったが、手が小さくてペンが持ちにくかったのと、書き慣れない字だったため、思ったより難しかった。意識しなくても、子供の字だな。何回か練習をして、本番を書く。……うん。一番綺麗に書けた。満足だ。

「じゃあ、次はギルドカードだね。……ちょっとチクッとするけど我慢してね」

小児科の先生みたいだな、と思っていると、カイルさんから目の前にお菓子が差し出される。

「チナ。はい、あ～ん」

反射的に口を開け、甘いお菓子をもぐもぐと堪能している間に針が刺されたようだ。気づかなかった。カイルさんとダン爺の見事な連携技だ。

「はい、これで登録は終わったよ。今日からチナちゃんは立派な冒険者だね」

「わ〜い！」

無事に冒険者登録を終えることができた。ギルドカードを見つめて、これからの生活に思いを馳せていると、じわじわとギルドカードに文字が浮かんできた。それを見てダン爺が言う。

「そろそろ文字が出てきたかな？　それはチナちゃんのステータスだよ。チナちゃん以外は見えないようになってるから、文字が読めるように練習しようね」

「……!!　わたし、もじよめるよ！」

興奮して、つい口が滑った。……まあ、いいか。ずっと文字が読めないフリを続けるのも大変だしな。そんなことより今はステータスの確認だ。

チナ：五歳
種族：神族《しんぞく》
ＨＰ：１０００／１０００
ＭＰ：１０００／１０００
魔法：創造（無）
スキル：鑑定
ユニークスキル：言語理解　時空間収納
称号：神の子　精霊姫

「えっ……！」

私は自分のステータスを見て、思わず驚きの声を出してしまった。

「チナ？　どうした、大丈夫か？」

「だ、だいじょうぶだよ！　なんにもないよ！」

「チ～ナ～、何か隠してるだろ。冷や汗がすごいぞ」

バレた⁉　……そういえば、今の私は感情が表情にだだ漏れなんだった。

「……チナ。僕たちに、隠しごと？」

ライくんのその子犬のような目には逆らえない……‼　まあ、みんなにだったら言ってもいいか。

アルトさんいないけど。私は深呼吸して口を開く。

「……あの、しゅぞくが……にんげんじゃなくて、びっくりしました」

何故か敬語になる。

「……それで、チナの種族はなんだったんだ？」

「えっと………」

私は防音結界がしっかりと張られているのを確認して言う。

「しんぞく……？　でした」

これがどんな種族かは知らないが、なんかヤバそうなことだけは分かる。だって、「神」って入ってるんだよ……？

案の定、ライくんは頭を抱えて項垂《うなだ》れ、カイルさんは両手で顔を覆って天を仰ぎ、ダン爺は私をそっと膝から降ろした。

やっぱり、言わない方が良かったのかな。普通に接してほしいのに、それも叶わなくなる……？

私は泣きそうになって俯くと、近くで誰かが動いた気配がした。顔を上げると正面にはライくんがいて、私を抱き上げ、抱きしめてくれた。

「……チナはチナ。種族が違っても、何も変わらない」

私はその言葉に泣きそうになり、ライくんの首にギュッと抱きつく。

「そうだな。ちょっとびっくりしたけど、チナはチナだもんな。何も変わっていない」

「ああ、ちょっと情報を整理するのに時間がかかったが、チナちゃんは、可愛いチナちゃんのままだ。むしろ、神族だと言われて納得だな。チナちゃんの可愛さは天に昇るほどだからな。ライ、チナちゃんを渡せ」

「……やだ」

私はライくんに抱きついたまま、そっとみんなの顔を窺《うかが》う。みんな優しい顔で微笑んでいて、安心した。ライくんはいつも通りの真顔だけど。

「さあ、チナ。他にも何かあるんだろ。もうこの際だから、ステータスの上から下まで全部隠すことなく言ってしまえ。その方が楽になれるぞ」

……微笑んでそう言うカイルさんが怖い。私は意を決して、隠すことなく全てを言った。今度こそ、全員固まってしまった。

しばらく待っていると、みんなの目に光が戻ってきた。

「うん、まあ、神族だしな。そうなるよな、うん」

「チナちゃんは、このステータスのこと、どれくらい知ってた？」

「なんにもしらないよ。なんかヤバそうだなとはおもったけど、そんなにへん……？」

「まあ、そうだよな。……よし！　じゃあ、とりあえずステータスの説明をしようか」

ダン爺は、ステータスの見方など、私が分からなかったことを教えてくれた。

種族は大きく分けると四つ。人族、獣人族、魔族、竜人族。他にも細かく分けると様々な種族がいるが、この四つが、この国の周辺にいる主な種族だそうだ。特にこの国には、ほとんど人族しかいないらしい。ちなみに、神族はダン爺が知る限り、私で二人目だそうだ。もう一人の神族に会ったことはないらしい。

ＨＰとＭＰは１０００／１０００が基本的な状態。種族や年齢、強さなどが違っても、それは全員同じだそうだ。ＨＰやＭＰを消耗すると、９００／１０００、８００／１０００と減っていくらしい。これが１００を切ると命に関わってくるので注意が必要だ。最初のうちは、どんな怪我でどれくらいのＨＰを消耗するか、どんな魔法でどれくらいのＭＰを消耗するか、こまめに確認しろ、とよく言い聞かされた。私、森の中でめっちゃ魔法使ってたよ。危なかった。

ちなみに、ＨＰもＭＰも減り方には個人差がある。大人よりも子供、鍛えている人よりも鍛えていない人の方が減るのが速いらしい。数字で考えるよりも、ゲームのＨＰバーみたいなイメージで考えた方が分かりやすいかな？

魔法は、風、水、火、土、闇、光、無の属性がある。基本的には一人一つ、多い人で三つの属性を持っている。これは、生まれてから死ぬまで変わらない。自分の持っている属性以外の魔法は、魔道具を使用しないと使えないらしい。無属性に関しては、持っている人が少なすぎて、ほとんど解明されていない。どんな魔法が使えるのか、どうやって使うのか、何も分からないから、無属性を持つ私に魔法を教えることはできないと言われた。……自分で練習するしかないか。

スキルは、誰でも最低一つは持っている。スキルの種類は様々で、無意識に使える魔法のようなものだ。私で言うと、鑑定。カイルさんは探索と索敵。スキルは後天的に身につくものもあるという。ライくんとアルトさんが使ってくれたヒールがそれだ。詠唱した方が効果が高いらしいので、そうしているらしい。最強冒険者である三人は、どれほどのスキルを持っているのか……。考えるだけで気が遠くなりそうだ。ところで、私、探索と索敵できてたよな……？　でもスキル欄には載ってなかった。まだ意識しないと使えないから、とか？

ユニークスキルは、スキルの上位互換。持っているのは、英雄や大賢者と呼ばれるレベルの者。これも、無属性と同じく持っている者が少なすぎる上に、公表している人はほぼいないから、ほとんど分かっていない。

称号は、神クラスの存在（神、精霊王、神獣）から与えられる。これも持っている人が少なすぎるため、よく分かっていない。今まで確認されている称号は、精霊王の愛し子や神獣の愛し子。それもずっと昔の話で、今現在、称号持ちはいないらしい。

それからダン爺は、精霊姫についても説明してくれた。絵本も見せてもらった。つまり、私は二代目精霊姫……。思っていた以上にヤバい存在だったようだ。

「精霊姫ということは、火と土の証もどこかにあるのかな。チナ、何かそれっぽいものを見てないか？」

「みてないよ。せなかとかにあるのかな？　かえったらかくにんしてみるね」

これ以上、目立つ要素が増えるなんて……。正直、確認するのが怖い。

「俺たちが分かるのはこれくらいだな」

「みんな、ありがとう」

するとダン爺が言った。

「あ、チナちゃん。チナちゃんのステータスは、俺たち以外には絶対に言ってはいけないよ。帰ったらアルトに説明して、それ以降は絶対に口に出さないこと」

「うん、わかった」

そんなに怖い顔で言わなくても……。さすがにこれは気軽に口には出せないよ。目を吊り上げたダン爺は、鬼のように恐ろしかった。

説明と確認が終わる頃には、みんな疲れきった顔をしていた。今日はもう解散にして、宿でゆっくり休もうということになった。帰ったら、アルトさんにも説明しないといけないしね。……そういえばアルトさんは、何を買いに行ったんだろう？　帰ったら見せてもらおっと。

◇◇◇

宿に帰ると、ちょうどアルトさんも帰ってきたところだった。

「みんな、おかえり〜。チナちゃんのステータスはどうだった？」

「……うん。後でゆっくり話すから、とりあえず休ませてくれ」

「……え、大丈夫？　何かあったの？」

元気いっぱいのアルトさんとは正反対に、ぐったりしたカイルさん。たった数時間でここまで疲れさせてしまうなんて……。なんか、ごめんね？

そんなカイルさんのことは一旦置いておいて、私はアルトさんが両手に抱える大量の荷物が気になった。

「だいじょうぶだよ。それより、アルトさんはなにをかいにいってたの？」

アルトさんが両手の荷物を広げると、そこには私の目を輝かせる光景が広がった。

「ジャーン！　チナちゃんの服とか靴、冒険に必要なものを買ってきましたー！」

なんと、全部私のものだったのだ。

「え、うそ！　いいの!?」

「うん。チナちゃんも、もう僕たちの仲間だからね。そのお祝いとして受け取ってくれると嬉しいな」

「ありがとう！　すっごくうれしい！」

可愛いワンピースに、動きやすそうなズボン。小さなナイフや鞄まである。サイズもピッタリだし、センスもいい。さすがアルトさんだ。そして何より、フードつきの上着！　これが一番多い。しかも、猫耳つきやうさ耳つき、ふわふわのファーがついたものまである。

「チナちゃんはフードかぶらないと外に出られないからね。せめて可愛いのにしようと思ったんだけど、選べなくて全部買っちゃった」

それにしても、買いすぎでは……？

「うれしいけど、かいすぎじゃ……？　それに、せいれいおうにあえたら、ひつようなくなるかもしれないんでしょ？　こんなにたくさん……」

「大丈夫、大丈夫。可愛いから。もし必要なくなっても着てね。僕が見たい。それとも、こういうの嫌いだったかな？」

「……きらいじゃないけど……ありがとう」

正直、すごく嬉しい。こういう可愛い服に、実はずっと憧れていた。そうだよね。こんな服、小さい頃しか着れないもんね。アルトさん最高だね！

アルトさんと一緒に、新しい服を着てみたり、道具の使い方を教えてもらったりしているうちに、あっという間に時間が過ぎていった。その間、カイルさんとライくんは休みに行ってしまった。


日が暮れ始めた頃、ようやくカイルさんとライくんが起きてくる。

「おはよう。もうだいじょうぶ？」

「ああ、大丈夫だ。一回寝たらスッキリした。まだアルトにはステータスの話、してないよな？　……よし、チナ、言ってやれ！」

カイルさんがポケットから防音結界の魔道具を取り出して起動させる。

「うん。アルトさん、わたしのステータスは…………」


私が話し終わってから十分は経っただろうか。アルトさんは未だに固まったままだ。ちゃんと息してるよね……？　暇を持て余したライくんが、アルトさんをつつき出す。

「――はっ！　ごめん。あまりの衝撃にちょっと意識を失ってた。チナちゃん、それ、僕たち以外に絶対言っちゃ駄目だからね。絶対だよ！」

「わかってるよ。ぜったいにいわない」

最初に言うことそれなんだ……。でも、私を心配して言ってくれてるんだよね。純粋に嬉しい。

空気を切り替えるように、両手をパンッと打ち鳴らしてカイルさんが声を上げる。

「よし！　じゃあ今日はもう飯にして、明日は町を回るか！」

「やった〜！　おでかけだ〜！」

「明後日は森の手前まで行って魔法の練習だな。無属性の魔法は分からないけど、魔法のイメージくらいなら教えられるだろ。それと、冒険の心得《こころえ》も教えておかなくちゃな」

そう言ってニヤッと笑ったカイルさんは、まるで少年のようだった。

◇◇◇

翌朝。

「アルトさ〜ん、あさだよ。おきて〜。おでかけだよ〜」

「ん〜。チナちゃん、まだ、日が昇り始めたところだよ。今起きてもまだお店やってないから、もうちょっと寝かせて……」

あ、そっか。お店が開くのはもうちょっと後だ。遠足の日の小学生みたいにはしゃいで早起きしすぎたな。……二度寝しよ。

「チナ、アルト、いつまで寝てるんだ。出かけるんだろ」

カイルさんに起こされたのは昼前だった。

「ああ〜！　ねすぎた‼　にどねなんかするんじゃなかった」

しょんぼりしているとライくんに慰められる。くそっ。ライくんよりも起きるのが遅いなんて。

「……ごはん、外で食べよ。どこがいい？」

ごはんか。うん。あそこしかないな。

◇◇◇

私たちは外に出て、一直線にある場所へ向かった。大通りの真ん中辺り、広場になっている場所だ。

「やたいだ〜‼」

異世界と言えば、串焼きの屋台！　これは定番でしょ！　アルトさんの串焼きも美味しかったけど、やっぱり屋台のも食べておかないとね。それに、ここには串焼き以外にもいろいろな屋台がある。全部美味しそうだ。串焼きは絶対食べるでしょ。あと、果実水も。あのお肉を挟んだパンもケバブみたいで美味しそうだし、チュロスみたいなのは甘い匂いがするし、久しぶりに甘いのも食べたい‼　う〜、迷う〜。

「よし、チナ。全部買おう」

「でもそんなにたべられないよ」

「大丈夫だ。ライが食う」

ライくんの方を見ると、任せろ、という顔で頷いていた。なんとも頼もしい。

「じゃあ、ライくんおねがいします」

私が決断すると、アルトさんとカイルさんが買いに行ってくれた。お昼時は混んでるしね。私はライくんと人が少ない場所でお留守番。

しばらく待っていると、両手にたくさんの食べ物を抱えた二人が戻ってきた。

「すっごい！　いっぱいかったねぇ」

机に並べられたのは、定番の串焼きがたくさんに、具がたっぷり入ったケバブサンドもどき、アツアツのビーフシチュー風スープに、クリームたっぷりのワッフルみたいな焼き菓子、砂糖がまぶされたチュロスっぽい揚げ菓子に四種類の果実水。ものすごくいい匂いが漂ってくる。よだれが垂れそうだ。

「さあ、チナ。どれから食べる？」

「う～ん、ここはやっぱり……くしやきから！」

「はい、どうぞ。串に気をつけてね」

ん～～～!!　美味い!!　肉汁たっぷりのジューシーなお肉。一切れで口の中がパンパンになる大きさ。しっかりと噛みごたえもあって、甘辛いタレも美味しい。

「おいしすぎる！　いくらでもたべられちゃうよ！」

「まあまあ、そればっかり食ってると他のが食べられなくなるぞ」

はっ！　そっか！　さすがに子供の体じゃ串焼き一本でおなかいっぱいになっちゃう！

「じゃあ、次はこれな」

カイルさんが食べやすい大きさに切ってくれたケバブサンドもどきを渡してくれた。さすがにこの口の大きさでかぶりつくのは無理があるからな。気遣いがありがたい。

一口食べると、口の中にスパイシーな香りが広がる。それに野菜のシャキシャキした食感、少し甘めのパン、ジューシーなお肉が相まって美味しい。ただ、私の舌にはスパイスが少し強すぎたみたい。これを楽しめるのはもう少し大人になってからだな。

次はビーフシチュー風のスープ。アツアツすぎて食べられそうになかったから、後回しにしたのだ。

「ちゃんとフーフーして、冷ましながら食べるんだよ」

結構時間が経ったから冷めているかと思ったが、まだ熱そうだ。湯気《ゆげ》が立っている。よく冷ましてから、口に入れた。前世の私は猫舌だったのだ。しっかりと冷ます癖はついている。

「これもおいしい！」

「良かった。チナちゃんは屋台のごはんがお気に召したようだね。じゃあ、甘いものもどうかな？」

そろそろおなかが膨れてきただろうと、アルトさんがデザートをすすめてくれる。

「あまいもの!!　あっ、でもそのまえに、のみものください！」

果実水は、イチゴ、キウイ、モモ、オレンジがあった。この世界での名前はちょっと違うけど、見た目と鑑定した結果によると、これらの果物に当てはまりそう。

「チナはどれがいい？」

う〜ん、迷っちゃう。モモは森の中で食べたピーモだな。懐かしい。でも、他のに挑戦したい。

この中だったら——

「この、あかいのがいい！」

イチゴにした。この中だったらイチゴが一番好きだったのだ。さて、この世界のイチゴのお味は——

「ん〜！　あまずっぱくておいしい！」

その後、ワッフルみたいな焼き菓子とチュロスに似た揚げ菓子も少しずつ貰った。味は想像通り。ただ、かなり甘さが強めだったので、食べすぎると胸焼けしそうだ。久しぶりの甘味も堪能し、初めての屋台めぐりは大満足に終わった。

◇◇◇

「よし、腹も膨れたし、チナの行きたいところに行くか。さあ、どこに行きたい？」

ここからは、ライくんと手を繋いで歩いていくことにする。

今日は、アルトさんが昨日買ってくれた上着を着てきたのだ。裾を引きずることがないので歩きやすい。今日は猫耳つきの白い上着だ。

私がテクテクと歩く姿を、三人はガン見している。前を見てくれ、前を。

「じゃあ、まずはぶきやさん！」

「いきなり武器か！　やる気いっぱいだな。武器屋はこっちだ」

いきなり武器が扱えるとは思っていない。まずは体力作りしなきゃだしね。でも、どんな武器があるのか知っておくのは大事だと思う。あと、単純に興味がある。使いたいと思えるのがあれば、それに合わせて鍛え方を変えるのもいいと思うし。まあその辺はよく分からないので指導者（多分カイルさん）に任せることになるけどね。


武器屋さんは冒険者ギルドの近くにあった。

「さあ、着いたぞ。ここには危ないものがいっぱいあるから、気をつけるんだぞ」

おお、ここが武器屋か。壁一面にいろいろな種類の剣や斧、盾が飾ってある。かっこいい。

でもやっぱり、子供サイズの武器はないか。私が使えそうなのは、短剣くらいかな。でも、アルトさんがナイフを買ってくれたし、必要ないな。

「何か良さそうなのはあったか？」

「やっぱりわたしには、ちょっとおおきいみたい。でも、もうちょっとおおきくなったら、ぶきもつかってみたいから、そのときはおしえてね」

「ああ、もちろんだ」


次に向かうのは魔道具屋だ。大通りから少し外れた路地にある、少し怖い雰囲気の店だ。

「あら、いらっしゃい。あんたたちがここに来るなんて珍しいね」

「この子が見たいってんで連れてきたんだ」

私はペコリと頭を下げた。

「そうかい。ゆっくりしていきな」

店主は、妖艶《ようえん》な美女だった。胸元が大きく開いていて、目のやり場に困る。

棚にはたくさんのものが乱雑に置かれていた。パッと見ただけではなんの道具か全く分からない。

「あの、これってなんですか？」

「分からないものは触らない方がいいよ。あんたに必要なものは、自然と分かるさ」

………？　店主の言っていることはよく分からなかった。とりあえず、下手に触らないようにはしよう。

棚の端から端まで見たけど、よく分からないものばかりだった。少し残念だ。

「あんたに必要なものはなかったってことさ。時間が経ったらまた来な。その時には何か分かるかもしれないよ」

ここには、またいつか来てみよう。店主に挨拶して店を出た。


次は食材のお店を見に行った。

「チナちゃんは、料理に興味があるの？」

「うん！　じぶんでもつくってみたい！」

この世界でごはんに困ることはなさそうだが、たまには自分でも作りたい。それに、食べたいものがあっても名前が分からなかったら伝えられないからな。その勉強だ。やっぱり、見た目は似ていても、前世とは名前が違うものばかりだ。まあ、何となく通じそうな名前ではあるが。……覚えられるかな？

調味料もしっかりと確認する。醤油も味噌《みそ》もちゃんとあった。特別値段が高いものもなさそうだ。異世界では砂糖や胡椒《こしょう》が高いイメージがあったけど、それも大丈夫そうだな。

野菜、果物、お肉、調味料。いろいろなお店を夢中で見て回った。前の世界にあったものはだいたいありそうだ。

気がついたら日が沈みかけていた。

「そろそろ帰るか。チナ、最後に行きたいところはあるか？」

あとは……あっ！　教会に行けば神様と話せるのでは？　これも異世界では定番でしょ！

「きょうかいにいってみたい！　かみさまがいるんだよね？」

これで私が何をしたいのか、伝わったようだ。さすが私の保護者たちだな。

「そうだな！　行ってみるか！」

◇◇◇

教会は、賑やかな街中から少し離れた、静かな場所にあった。

正面の扉が開いていたので中に入ると、奥の祭壇？　に大きな女神像があった。

「あれがこの国で信仰されている女神だな」

一番前の長椅子に、カイルさん、私、ライくん、アルトさんの順で座る。

私は、両手を組んで目を瞑った。

（神様、神様。聞こえますか。いつの間にかあなたの娘になっていたチナです。聞こえていたら返事をください。聞きたいことがあります）

しかし、何も返事はない。

（神様〜。お〜い。聞こえてたら返事くださ〜い。……やっぱり駄目？　そんなに都合良くいかな

いか……。か〜み〜さ〜ま〜)

『そう何度も呼ばなくても聞こえてるわよ。元気そうねチナ』

突然、頭の中に女の人の声が響いてきた。ビクッとし周りを見渡すが、おかしなところはない。それに今の声が聞こえたのは私だけのようだ。

「チナ？　どうかしたか？」

「ううん。だいじょうぶ」

小声でカイルさんに心配されたが、首を横に振り、お祈りの姿勢に戻る。

(……もしかして神様ですか？　私のことが分かりますか？)

『ええ、そうよ。私はアルテナよ。あなたのことはもちろん知っているわ。私の子供ですもの』

え、まじか。まさか本当に神様と話せるとは思ってなかった。ていうか、私の精神体が神界《しんかい》に連れていかれるとかじゃないんだ……。

『それで？　要件は何？　私は忙しいんだから、あまり時間がないの。さっさと話しなさい』

私は咄嗟《とっさ》に頭に浮かんだことを質問した。

(あ、はい。えっと、まず私、あなたの娘ってことになってるんですよね？　どういうことですか？)

『娘は娘よ。あなたの魂を私が拾ったから、この世界に転生させたの。それだけよ』

(なんで私の魂を拾ったんですか？)

『それはまぁ……ただの気まぐれよ』

……なんか、適当だな。

(そ、そうですか。……じゃあ、精霊姫っていうのは?)

『それはあの子たちが勝手にやったことよ。私は関与してないわ』

あの子たち……? 精霊姫っていうくらいだから、精霊王のことかな……?

(そうでしたか。……じゃあの、私のステータスにある魔法の『創造』ってなんですか? 無属性は持ってる人が少なくて、分かる人がいないらしいんです)

『それはそうよね。無属性は私の属性だもの。そんな簡単にあげたりしないわ。『創造』ってのはそのままよ。イメージさえしっかりすればなんでもできる。……そういえば創造魔法をあげたのは、あなたが初めてね』

(え? ……えぇ~~~~!! 私が初めて!? しかも神様の属性って何!? なんでもできるってどういうこと!?)

あまりの衝撃に、考えたことが全て伝わってしまった。

『そんなに騒がないでちょうだい。……あっ、なんでもって言ってもお金を作り出したり、世界の脅威になったりすること、世界の理《ことわり》に反することはできないわ。ごめんなさいね』

(いや、そんなことするつもりはないけど……。あの、もう少し詳しく教えていただければ。魔法の使い方とか……)

『ごめんなさい。そろそろ時間がヤバいわ。イメージさえしっかりしてれば大丈夫よ。っていうか、あなたすでに使ってるじゃない。……精霊王のところに行くんでしょ？　他に聞きたいことがあればその子に聞きなさい。それじゃあ元気でね、チナ』

（えっ、あ……。ま、またね！　アルテナ様！）

行っちゃった。忙しいんだろうな。神様だしな。聞きたいことはもっといっぱいあったんだけど。っていうか、聞いたことの答えもよく分からなかったけど。

「チナ、どうだった？」

「うん……。かえったらくわしくはなすよ」

「そうだな。じゃあ、宿に帰ろうか」

◇◇◇

宿に帰ると、早速防音結界を張ってソファに座る。三人の圧がすごい。

「えっと、かみさまとおはなしできました」

「……どんな話をしたんだ」

私は三人に、神様との会話の内容を説明した。

「……ってかんじで、ききたいことはあんまりきけなかったし、かみさまのこたえもよくわかんなかった」

「……そうだよな。神様だもんな。忙しいだろうしな。……うん、会話ができただけ、すごいもんな」

「うん、そうだね……。おはなしできただけでも、じゅうぶんだよね！　まあ、かみさまのいってたかんじだと、せいれいおうにはちゃんとあえそうだし、くわしいことはそのときききけばいいか。……せいれいおうは、かみさまみたいにてきとうなかんじじゃないといいなぁ」

三人は私の話を聞いて半目になっていた。うん、分かるよ。ちょっと、イメージが崩れるよね。

「はやくせいれいおうにも、あってみたいな～。そのためにも、あしたはまほうのとっくんだ！　たのしみ！」

「そうだな。チナの魔法はなんでもできるんだろ？　なんでもって言われると難しいけど、どんなことがしたいか考えておけ。最初はＭＰをどれだけ使うかも分からないし、簡単そうなことにしておけよ。いきなりＭＰ切れになったら大変だからな」

「うん、わかった」

神様が、私はすでに魔法を使ってるって言ってたのは多分、探索と索敵だよね。鑑定はスキルだし。……あの時はＭＰを気にせず使いまくってたからな。今思うとすっごく危ないことをしてたんだろうけど、あの時、体調が悪くなったりすることもなかったから、私はＭＰ消費が少ないんだろうな。……神の子だし、神族だしね。明日は三人の魔法を見せてもらって、それを真似してみようかな。

　そんなことを考えながら、私は眠りについた。

◇◇◇

　私たちは、ルテール森林付近の、人があまり通らない少し開けた場所に来ていた。

「よし、チナ。今日は冒険者になるための第一歩だ。気を引き締めろ」

「はい！　ししょう！」

「師匠か。……いいな。……よし！　特訓中は俺のことは師匠と呼ぶように！」

　カイルさんは腕を組んで仁王立ちし、私はその正面で後ろ手を組んで向かい合っている。ぺたんこの胸を張って、気合は十分だ。アルトさんとライくんは少し離れた場所で見学をしている。ダン爺が私を見る時と同じような、孫を見る目で……。

「これから、冒険者になるために大切なことを話す。しっかり聞いて覚えろ。それがチナの、そして、仲間の命を守ることに繋がるからな」

「はい！　ししょう！」

「では、冒険者の心得、その一。自分の力量を知ること！」

「りきりょうをしること！」

「自分の得意不得意、体力や能力を把握していることが大切だ。冒険者は命をかける仕事。自分の力量を把握していないと、命を危険に晒すことになる。それどころか、一緒に戦っている仲間の命も危険に晒すことになるんだ。それに、自分の力に見合った依頼を見分けることもできない。無闇《むやみ》にいろんな依頼を受けて達成できなかったとなると、今後の仕事にも影響してくるしな」

「はい！」

「冒険者の心得、その二。事前調査は念入りに！」

「ねんいりに！」

「自分の力量を把握していても、敵を知らなければ意味がない。必ず討伐対象やその地に住む魔物、生態系などを調査し、敵の弱点や対処法を頭に叩き込んでおけ。採取依頼であってもだ。町の外ではどんな危険があるか分からないからな。また、採取依頼の場合は依頼品はもちろん、その地に生息している他の植物なども念入りに調べておけ。見た目はものすごく似ているのに、効能は真逆の薬草、なんてのもあるからな。もし間違ったまま採取して、ギルド職員も見逃してしまったら大問題になる。そんなことが起こらないように、事前調査は念入りに、徹底的にしておけ。特に、初心者のうちは」

「はい！」

「冒険者の心得、その三。最優先は自分の命！」

「じぶんのいのち！」

「自分を知り、相手を知って挑んだとしても、イレギュラーはいつでも起きる。その時に一番優先すべきは、自分の身の安全の確保。次に、仲間の身の安全だ。それから、どうするか考える。逃げるか、挑むか。正直、これに関しては実際にその時にならないと分からない。だから、これだけは覚えておけ。最優先は自分だ。自分さえ生きていれば、仲間を助けることができるかもしれない。応援を呼びに行くことができるかもしれない。自分を顧《かえり》みずに仲間を助けようとして、結局両方助からなかった、っていうのが一番最悪だからな」

私はコクコクと頷いた。

「まずは、自分を知る。そして、相手を知る。イレギュラーが起こった場合、最優先は自分の命。生きてさえいれば、なんとかなる。分かったか」

「はい。わかりました！」

「よし、じゃあ冒険者の心得、復唱！」

「そのいち、じぶんのりきりょうをしること！　そのに、じぜんちょうさはねんいりに！　そのさん、さいゆうせんはじぶんのいのち！」

「その三つを忘れるな。……それでは、これから魔法訓練に入る！　俺たちの言うことをしっかりと聞いて、自分の魔法を使いこなせ！」

「はい！　ししょう！」

魔法訓練はアルトさんとライくんも参加するようだ。まずは、三人に魔法について話を聞く。それから、実際に魔法を見ながらの練習だ。

カイルさんは火属性、アルトさんは水属性と光属性、ライくんは風属性を持っているそうだ。バランスがいい。

「どんな魔法でも、大切なのはイメージ。そして、魔力操作だ。魔力操作は、何度も魔法を使っているうちに自然と覚えるから問題ない。たくさん練習すれば、その分魔力操作もうまくなって、効率良くＭＰを使えるようになるからな。イメージについては自分が何をしたいのか、どうすればその魔法が発動するのか、具体的に考えるほど、安定した強い魔法が発動できる。例えば、火の初級魔法【ファイアーボール】。……大きさは拳《こぶし》程度、焚き火のような火、手のひらの上で固定するようにイメージして……【ファイアーボール】」

カイルさんの手のひらの上に火の玉が現れた。三人とも主に武器で戦っていたし、こうして目に見える魔法をしっかり見るのは初めてだ。……綺麗。

「今のようにイメージすると、こんな感じで発動する。火の大きさを大きくしたり、動かしたりするとより多くのＭＰを消費するから注意しろ」

「わかった。……それ、あつくないの？」

「ああ、魔法は発動者には危害を加えないから大丈夫だ。他人が発動させた魔法は危険だから、あまり近づくなよ」

「そうなんだ。イメージがしっかりできていないまま、はつどうさせようとするとどうなるの？」

「その場合は、基本的には発動しないな。発動したとしても、不安定ですぐに消える」

そうなんだ。……いいなあ、かっこいいなあ、やってみたいなあ。私は火属性を持っていないけど、やってみたいという思いに任せてイメージしてみる。

……大きさは私の拳、焚き火のような火、手のひらの上で固定。

詠唱しようと手のひらを上に向けると……火の玉が出てきた。え、詠唱は？

「……チナ。……それはなんだ」

「カイルさんのまねしたら、なんかできた……」

「詠唱は……？」

「してない……」

みんなびっくりしてる。うん、そうだよね。私もびっくりしてるもん。イメージもカイルさんのを真似しただけだし……。

「これが創造魔法…？　チナちゃんは他属性の魔法まで使えるってこと？　それって、全属性持ってるのとおんなじことだよね。……すごいな」

「その上、無詠唱だろ。まさか、ここまでとはな……」

「……さすが、俺のチナ」

ライくん？　なんだ、俺のチナって。めちゃくちゃ誇らしげだけど……。まあいいか。

それより、やっぱり私はチートだな。神族だしな。……うん。これから、常識外れっぽいことしたら神族だからってごまかそう。そうしよう。

「チナ、今のでどれくらいMPを消費したか確認しろ」

「わかった。ちょっとまってね」

ギルドカードには紐を通す穴が空いていたので、紐を通して首からぶら下げている。服の下に入れておいたのを取り出して、ステータスを確認した。

「……1」

「ん？」

「1しょうひしてる。999／1000ってことは、しょうひMP1だよね？」

「え、たったの1!?　……そっか。そうだよな、チナだもんな」

なんか納得された。神族だからって言い訳する隙もなかった。解《げ》せん。

「じゃあチナちゃん。これはできる？　……【ウォーターウォール】」

アルトさんが水の壁を出現させた。高さ三メートル、横幅五メートル、厚さは十センチくらいの四角い水の壁だ。

「水属性の魔法は、川や井戸から水を引っ張ってくるようにイメージするといいよ。水が近くにない時は遠くから引っ張ってこなきゃいけないから、その分消費MPも多くなる。ここも近くに水はないから少し大変だけど、チナちゃんだし大丈夫だよね？」

いや、そんな爽やかな笑顔で言われても……。

水を引っ張ってくる、か……。それよりも、空気中の水蒸気を集める方が早いのでは？　ここは森に近いから、植物や地中の水分もたくさんあるだろうし。……周りに影響が出ないように、広範囲から少しずつ水分を集めよう。大きさはアルトさんのと同じくらい。硬い壁をイメージして、両手を前に突き出す。

「……できた」

「消費ＭＰは？」

「……１」

あれ？　何かやらかした？　アルトさん固まっちゃったよ？

「……僕でもそこそこ消費するのに？　なんでそんな少ないＭＰでできるの？」

「え、わかんない……」

そんなこと聞かれても、分からんものは分からん！　私とアルトさんの違いといえば……。

「イメージのちがい……？」

「チナちゃんはどんなイメージで発動させたの？　お願い、教えて？」

目を輝かせたアルトさんが前のめりになって問いかけてくる。

言っちゃっていいのかな？　理解できるかな？　……圧がすごいよ。教えろって目で訴えてきてるよ。まあ、何かあったら神族だからで通そう。

私は、空気中や植物、地中の水分を利用したことを説明した。それはもう、一生懸命に。やっぱり一回では理解できなかったようで、何度も説明した。アルトさんが理解できるまで。……一時間くらいかけて。

「……うん。できた、できたよチナちゃん！　ありがとう！」

「……それはよかった」

疲れた……。これもう、私の魔法練習っていうより、アルトさんの練習では？　もしかしてアルトさんって、魔法バカ？　でも、子供みたいに喜んでるアルトさんを見るのは初めてで、こっちまで嬉しくなってくる。

ちなみに、なんでそんなこと知ってんだって顔をされたけど、チナだしなって理由で納得された。もう、何も言うまい。

「……チナ。次は俺。……風属性」

おお、ライくんの目が期待に輝いている。……そんな期待されても、何も出ないよ？

「……こっち」

少し離れた場所に呼ばれた。風だし、広い場所の方がいいのかな？

ワクワクした気持ちで、小走りでライくんのところへ行く。

——ドテッ。

くっそ、油断した。町に入ってから転んでなかったし、この体にもかなり慣れてきたと思ったのに。走るのはまだ少し早かったようだ。膝からじわじわと血が滲《にじ》んでくる。

「チナ、大丈夫か？　……ちょうどいいか。チナ、ＨＰを確認してみろ。このくらいの怪我で、どれだけＨＰが減るのか覚えておけ」

カイルさんがスパルタだ……‼　私は涙目で、ステータスを確認した。

「あれ？」

「どうした？」

「ＨＰは１へってるんだけど、ＭＰがかいふくしてる。ねないとかいふくしないとおもってた」

「……チナ。……普通は寝るか、回復薬を飲まないと回復しないぞ」

ここでもチートが……。少なくとも一時間経てばＭＰは２回復している。回復スピードがどのくらいかも確認しないとな……。

「あと、ＨＰ消費が１ってのもすごいな。お前……頑丈だな」

頑丈って……。確かにそうなんだろうけど……。

それにしても膝が痛い。ＨＰ消費は少なくても、痛いものは痛いらしい。

私は試しに、自分の膝に手をかざして治るようにイメージする。カサブタができて、剥《は》がれて、新しい皮膚ができるまでを、一瞬で終わらせるようにイメージした。

手のひらから淡い光が出たかと思うと、傷一つない、ツルツルの膝に戻っていた。……簡単にできちゃったよ。

私の傷が治ったのを確認すると、ライくんはスッと立ち上がってさっき私を呼んでいた場所まで歩いていく。早く風属性魔法を使ってほしくてたまらないみたいだ。

ライくんの視線の先にはピーモの木があった。

「……チナ、あれ見てて。……【ウインドカッター】」

視線の先のピーモの実が落ちた。実が傷つかず、枝も切りすぎない絶妙な位置を正確に狙っている。

「ライくんすごい！　わたしもやってみる！」

色が濃い、熟《う》れた実を狙ってウインドカッターを放つ。だけど、ウインドカッターじゃなくてウインドショットになった。……あれ？

おそらく風をカッターにするイメージが正確にできていなかったのだろう。空気を圧縮して、空気の塊を素早く飛ばすイメージをしたら、ショットになってしまった。

なるほど。イメージの大切さがよく分かった。もっと頭を柔らかくしなければ……。

それから、何度かイメージを変えながら練習する。空気の塊を薄く伸ばして、回転させながら飛ばすとウインドカッターになった。

「……今の、良かった。……その感覚、忘れないで」

それからは、三人にお手本を見せてもらいながらそれを真似する、という練習を繰り返した。火属性、水属性、風属性の初級魔法なら、ある程度はできるようになったと思う。

創造魔法はイメージさえできていれば、どんな魔法も再現できるのだろう。

ただ、私のイメージがそのまま反映されるので、ウインドショットのように、使いたかった魔法と少し違う魔法が発動することがあるため注意が必要だ。この世に存在しない魔法をうっかり人前で使っちゃったら大変だしね。

それに、魔法以外にも物を作り出すことができるんじゃないかな？　神様が言った「お金は作れない」って言葉。それってつまり、それ以外なら作れるってことだよね？　それはこれから、ゆっくり調べていくとしよう。

そして、ＭＰの回復速度だ。これは正直、異常だと思う。魔法を使っていくそばから回復していくのだ。初級魔法だけなら、ほぼ無限に使えるんじゃないかな？　一日で使える魔法の上限を自分で決めておいた方が良さそうだ。

これから数日間は魔法の練習や、戦い方を教えてもらうことになる。ある程度慣れてきたら、いよいよ森の奥へ向かうことになるだろう。正直、自分が魔物に攻撃したり、命を奪ったりすることができるのか、自信がない。出発までに覚悟を決めなければ、みんなにも迷惑をかけることになる。明日からは、それも考えて練習することにしよう。

◇◇◇

十日間の特訓によって、私はかなり自由に魔法を扱えるようになった。

初級魔法なら、瞬時に発動させることができる。探索、索敵魔法は常に発動させるようにしていたからか、スキル欄に表示されるようになった。スキルになると、消費MPがかなり減ることに加えて、イメージしなくても瞬時に発動させることができるようになる。とはいっても、元々MP消費はほぼなかったんだけどね……。

まあ、冒険者のランクアップ条件にもこの二つのスキルが必要になるし、持っておいて損はない。

森へ出発するのは明日となった。今日は荷物の準備とギルマスへの挨拶、あとは明日に備えてゆっくりと休むだけだ。

荷物の準備を先に終わらせ、私たちは冒険者ギルドに来ていた。

「おお、チナちゃん。よく来たな。今日はどうした？」

「あした、しゅっぱつすることになったので、あいさつにきたの」

「そうか、もう行ってしまうのか」

目的を果たしたらすぐに帰ってくるのに、そんな今生《こんじょう》の別れみたいな顔されても……。

「ダンじぃ……。すぐにかえってくるよ？」

「分かってはいるんだけどな。この町にチナちゃんがいないってだけで、寂しくなるもんだなあ。

チナちゃんが怪我をしないかも心配だし」

「だいじょうぶだよ！　ちゃんと【ヒール】もつかえるようになったし、わたし、がんじょうだから！」

「そうかそうか。その歳でもう【ヒール】が使えるのか。やっぱりチナちゃんは優秀だな」

ダン爺の私への態度は相変わらずだが、最近、カイルさんたちは私への接し方が変わってきた。すぐ抱き上げたり、膝に乗せたりする行動は変わらないんだけど、話し方やその内容が大人にするのと同じなのだ。まあ、私も難しい話でも理解してしまっているし、三人の前だとかなり気が緩んできているからその方が楽だし、いいんだけどね。

だからその分、このダン爺の接し方が新鮮に感じる。

「カイル。お前、絶対チナちゃんに怪我させるなよ」

「分かってるよ。チナのことは俺が守る」

「僕だって守るよ」

「……俺も」

みんな過保護だなあ。しょっちゅう転んでるから怪我はよくしてるんだけど……。

でも多分、みんなが言ってるのは魔物から守るってことだよね。この十日間は、森に入らずに魔法の練習をしてたから、実はまだ魔物と戦ったことはない。魔物の危険性や倒すことの大切さはしっかりと教え込まれたから、攻撃をする覚悟はできた。私の魔法がどれだけ通用するのかは分からないが、できる限り頑張ってみよう。

それに私が倒せなくても、三人ともかなり強いから襲われる心配はきっとないよね。

ダン爺には、森の危険性や、カイルさんたちから絶対に離れるな、無理そうだったらすぐに帰ってこいと、何度も何度も言い聞かされた。アルトさんが止めてくれなかったら、ダン爺は日が暮れるまで言っていたかもしれない……。

「それじゃあ、僕たちはそろそろ宿に帰りますね。明日は朝早いので、そのまま森に行きます」

「ああ、分かった。それじゃあ、チナちゃん、本当に気をつけるんだぞ」

「うん。わかったよ。じゃあ、またね」

◇◇◇

宿に帰ってきたところで、私は大切なことを思い出す。

「あ！　ほかのせいれいおうのあかし、さがすのわすれてた！」

脱衣所には大きな鏡がある。そこで確認しよう。

脱衣所の鍵をかけて服を脱ぐと、私は鏡に背を向けた。普段見えるところにはないから、あるとしたら背中側だろう。

そのまま振り返って、鏡を確認する。

「うわっ!!」

思わず叫んでしまった。……肩甲骨《けんこうこつ》の辺りに羽のような模様があった。

心配性のカイルさんは、私がこんなふうに声を出すとすぐに駆けつけようとしてくれる。

「チナ⁉　大丈夫か⁉」

「だいじょうぶ！　ちょっとまってて！」

カイルさんに私の無事を伝えて、もう一度背中を確認した。

右側には赤色の、左側には橙色の、小さな羽の模様がある。それは、私の髪や目と同じようにキラキラと輝いていた。

「ほんとにあった……」

とりあえず服を着て、みんなに報告しよう。


「……まあ、見えないところにあっただけマシだな」

「でも、共同銭湯とかには行けないね。行くこともないだろうけど」

「……さすが、チナ」

思ったよりも反応が薄いな。みんな私に慣れてきている。……まあ、神族以上に驚くことはないか。

「それより、ちゃんと休んでおけよ。お前が一番森に慣れてないんだからな。……しばらくはベッドで寝れないから、今のうちに堪能しておけよ」

「う、うん。わかった」

それよりって言われちゃったよ。まあ、証があることは想定内だったしな。四つも六つも変わらないか……。

明日からの冒険にワクワクしすぎて、私はなかなか寝つけなかった。早めに休むことにして正解だったたな。これじゃあまるで、遠足前の小学生だ。

6

日が昇り始めた早朝。

私たちはルテール森林の入り口に来ていた。

これから、精霊王に会いに行くための、初めての冒険が始まる。まずは私が最初にいた場所、樹海との境目になっている川を目指す。本命はその先の樹海だ。

ようやく会える、かもしれない。神獣……もふもふ……。

「チナ。……チナ、大丈夫か？　行くぞ」

「あ、うん」

いけない、いけない。もふもふに思いを馳せていたら、意識が飛んでいた。森の中は魔物がたくさんいるんだから、気を引き締めなければ。

カイルさん、私とライくん、アルトさんの順番で森の中を進んでいく。

ライくんは私と手を繋いでいてくれている。油断すると、すぐ転ぶから……。

私は、行けるところまでは歩いて、疲れたらライくんにおんぶしてもらって進むことになっている。体力、ないからね。

「この辺りに出る魔物は、チナでも倒せるくらいに弱い。何かあればちゃんとサポートするから、安心して戦え」

「う、うん。……がんばるよ」

ライくんがギュッと手を握ってくれた。心強い。初めての戦いにものすごく緊張していたけど、私にはみんながついてるんだ。だから大丈夫。

しばらく歩いていると、索敵魔法に反応があった。小さな、冷たい感じの魔力だ。

「チナ、気づいたか？　この先に魔物がいる。多分、ラピドだろう。……大丈夫。一羽だしチナでも倒せる。落ち着いて行け」

ラピドとは、この世界に来たばかりの頃に見かけたウサギ型の魔物だ。可愛い見た目で油断を誘い、無防備に近づいてきた敵を毛の下に隠した凶器で襲う。

私はゆっくりと、敵に気づかれないように近づく。そこには、黒いモヤモヤがまとわりついたラピドがいた。

「今だ！　行け！」

「【ウインドカッター】」

カイルさんの合図で魔法を放ち、ラピドの首を落とす。

初めて魔物を倒した。心臓が、ドキドキしている。

「よくやった。完璧だ」

私は咄嗟に詠唱して魔法を放ったが、詠唱した方がタイミングが合わせやすいことに気づいた。

練習の時はずっと無詠唱だったが、実際に戦闘してみて気づくこともある。この調子で戦闘に慣れていこう。

ちなみに、私がしたのは短縮詠唱だ。三人とも短縮詠唱ができるからちゃんと聞いたことはないが、普通は長くて難しい（中二病臭い）詠唱が必要らしい。

「よし、この調子で先に進むぞ」

倒した魔物は、アルトさんの収納魔法が付与されたマジックバッグにしまわれた。

私のスキルの時空間収納は、実はまだ使ったことがない。……別に、忘れていたとかではない、決して。そう、精霊王にちゃんと使い方とか、注意点を聞いてからにしようと思っていたのだ。何かあったら嫌だしね。うん。

それから、魔物と遭遇しては私が倒し、休憩を挟みながらどんどん森の奥へ進んでいく。

お昼になると、少し開けた場所に出て休憩をする。昼食は、昨日買っておいたサンドイッチだ。

昼食を食べ終わって満腹になると、ウトウトしてきた。

「腹一杯になって、疲れも出てきたか。寝てていいぞ」

私は精一杯睡魔に抗ったが、ライくんの背中が心地よくて、いつの間にか眠ってしまっていた。


目が覚めても、景色はあまり変わっていなかった。……森だしね。

「おはよう。わたし、どのくらいねてた？」

「……おはよう。……二時間くらい」

「そっか。ありがとう、わたしもあるく」

「駄目だ。まだ安全なところにいるうちに、しっかり休んでおけ」

「カイルさん……わかった。ライくんよろしくね」

魔物が出てきたらカイルさんかアルトさんが倒して、どんどん先に進んでいく。午前中よりも速く、倍以上のスピードで進んでいた。……やっぱり子供の足に合わせるとかなりゆっくりになるんだな。大人しく背負われていよう。

日が暮れ始めたところで、ようやく川に辿り着いた。

初めて会った時は、私のために休憩をたくさん取っていてくれたから二日かかったが、本来は丸一日あれば辿り着ける距離らしい。

今日は久しぶりの野営だ。キャンプみたいでワクワクする。そんなことを言っていられるほど、安全な場所ではないけど。

夜は三人が交代で見張りをしてくれている。私はそこでは役に立てないから、他に役割を見つけたいな。

夕食はアルトさんと一緒にスープを作った。道中採取したきのこのスープだ。森の中でも温かいごはんが食べれるのはいいな。温かいごはんは、安心する。

まだ一日目だけど、思っていたより疲れていたらしい。私はまた、知らないうちに眠っていた。

◇◇◇

今日からは、私にとって未知の場所に足を踏み入れることになる。

カイルさんたちは何度か来たことがあるらしいが、この先は今までよりも強い魔物が多くなるそうだ。気を引き締めて行かなければ……！

樹海に足を踏み入れた途端、大きな魔力反応があった。

この大きさは……ガルフスだ。私が初めて出会った、オオカミ型の魔物である。川の手前でも何頭か見かけたが、そこにいたものより大きい。グルグルと唸《うな》り声を上げるそれは、ここまでに出会った魔物とは比べ物にならないほど強いと感じる。

意識を集中し、相手を刺激しないように片手を上げ、かざす。

「【ウインドカッター】」

静かに放たれた風の刃が、抵抗する間もなくガルフスの首を断ち切った。

張り詰めていた空気が一気に解けた感覚がした。

この先は、今までよりも気を引き締めなければならないようだ。

警戒を強める分、歩みも遅くなる。あっという間に一日が過ぎて、木々に囲まれて薄暗かった視界が真っ暗になった。

この中で野営をするというのは不安が募るが、三人は慣れた様子でテキパキと準備を進める。

私は先に休ませてもらった。正直、早くここを抜けないと私の体力が持たない。

◇◇◇

翌日もさらに奥へ進んでいく。

早朝に出発すると早速、索敵に反応があった。昨日のものよりも大きな反応だ。

「この反応はグランウルスだな。この辺りにいるやつは俺たちに気がついても、逃げずに襲ってくるものが多い。気をつけろ」

グランウルスとは、大型のクマの魔物である。ここまで遭遇した魔物は、警戒されることはあったが、向かってくるものはいなかった。しかしついに、襲ってくる魔物と戦うことになるようだ。

緊張で手に汗が滲《にじ》む。

反応のあった場所に少しずつ近づいていくと、そこにはグランウルスが立っていて、まっすぐにこちらを睨みつけていた。

「……でかっ」

「いきなりこのサイズか。……行けるか？」

「うん。だいじょうぶ」

深呼吸をして目の前の敵に集中する。この大きさだと一発で首を落とせるか、怪しいな。何発か連続で魔法を放てるように準備しておこう。

……今だ！　と思った瞬間、グランウルスが大きな咆哮《ほうこう》を上げ、こちらに向かって走ってきた。剥き出しになった鋭い牙には赤い血が滴《したた》っている。視界の端には、グランウルスに襲われたであろう魔物の残骸が見えた。

いきなりの突進に驚いて、私は思いっきり魔法を放ってしまう。威力の加減が利かないウインドカッターを何発も。あらゆる方向に。

「…………チナッ!!」

「ご、ごめんなさい！　いきなりはしってくるから、おどろいて……」

最初の一発は驚いて。……その後は、襲われる恐怖で魔法を乱発してしまった。仕留めることばかりに集中して、襲われた時のことを考えていなかった。グランウルスは凶暴な魔物だと分かっていたのに……。

私はこの時まで、冒険者という職業を、命をかけるということを、本当の意味で理解していなかったのかもしれない。

「こ、こわかった……」

だんだんと顔色が悪くなっていく私を見て、カイルさんが膝をついて私と目を合わせ、口を開く。

「……ああ、怖かったな。命を脅《おびや》かされるというのは、ものすごく怖い。俺だってそうだ」

カイルさんの言葉に、内心驚く。でも、それは当たり前のことだとすぐに気づいた。

最高ランクの冒険者であっても、いつ何があるか分からない。命を奪われることに、恐怖しないわけがない。

「でも、そういう時こそ、冷静になるべきだった。あの時、もし俺たちがお前の前に立っていたら、どうなったと思う？」

その言葉で私は青ざめる。無作為に放たれた魔法が、もし、彼らに当たっていたら……。

「……最初に言ったな。自分の力量を知れ、と。いっぱい練習して、チナは魔法を使いこなせるようになった。でも、慢心していた。魔法は使いこなせても、それが実戦で生かせるとは限らないのに」

そうだ。私は特別な魔法が使えることに慢心していた。ラピドもガルフスも、あっさり倒してしまったために、私ならできると驕《おご》っていた。戦うことの本当の怖さなんて、何も知らないのに。

「でも、それは俺たちも同じだ。お前が特別な存在だと、それしか見ていなかった。……こんなんじゃ保護者失格だな、悪かった」

カイルさんが、そう言って頭を下げる。

私は困惑した。カイルさんたちは、何も悪くないのに……。

「もっと、ゆっくりでいいんだ。お前はまだ小さい。こんな恐怖、まだ知る必要ない」

私は首を横に振る。

確かに、今の私は幼い。世間一般で言えば、大事に守られるべき存在だ。

でも、それは嫌だった。三人と、対等な関係になりたかった。

「冒険者は危険な職業だ。命を奪う分、命を奪われる覚悟もしなきゃいけない。普通、五歳の子供がなるものじゃない。……冒険者登録をしたからといって、今すぐ冒険者になる必要なんてないのにな。登録したのは、身分証を作るという意味合いの方が強かったのに……。これは、俺たちの判断ミスだ」

カイルさんは、私の頭をガシガシとなでる。

「もっと、ゆっくり成長していこう。急ぐ必要なんてない。……もっと、俺たちを頼っていいんだ」

「うぇぇぇぇぇぇん……！」

頑張って堪えていたものが溢れ出してきた。怖かった。ただ、魔物がこちらに向かって走ってきただけ。それだけでも、死んじゃうんじゃないかって怖かった。そして、下手したらみんなを傷つけていたかもしれないんだと知って、怖くなった。

強くなりたい。でも、傷つけられる恐怖、傷つける恐怖を知ってしまった。

「……チナ。……おいで」

ライくんが私を抱きしめて、優しく頭をなでてくれる。その温かさに、生きていることを実感して安心できた。


しばらくして落ち着いてきたところでライくんから離れ、周りを見渡す。グランウルスがいた方向は、かなりひどい状態になっていた。木々は倒れ、ボロボロに。グランウルスだったものは、原形が分からなくなるほどズタズタに。私の魔法の威力がかなり強いことを実感した。

綺麗な状態に戻したいな。さすがに心が痛む。

ヒールのイメージを応用して、木々が元通りになるように祈る。

必要以上に傷つけ、ズタズタになってしまったグランウルスは、せめて天国へ行けるように、白い炎で灰にして土に埋めた。

顔を上げると、そこは何事もなかったかのように森が広がっている。さすがの私でも、これにはかなりＭＰを奪われた。精神的な疲れと、ＭＰの消費による疲れで、一瞬足元がおぼつかなくなる。

「だいじょ……」

カイルさんが口を開くのと同時に、辺りが濃い霧に包まれる。

「な、なんだ⁉」

ライくんがサッと私を抱き上げて警戒態勢を取る。

辺りはシンとしている。なんの気配も感じられない。こんな森の奥で何も感じられないなんて、不気味だ。

そのまま一分ほどすると霧は晴れた。

気づくとそこには、一匹の狐がいた。濃い金と茶色のキラキラとした毛並みに橙色の瞳。座った時の目線の高さが、カイルさんよりも少し高い。大きくて、美しい狐だ。

「ようやく見つけましたよ、チナ」

「だ、だれですか⁉」

目の前の狐に名前を呼ばれ、私は咄嗟にそう叫んでいた。

「私《わたくし》は……そうですね、あなた方が神獣と呼ぶもの……とでも言っておきましょうか。名前はありませんしね」

「……神獣、様」

一瞬の間にライくんが私を降ろして跪《ひざまず》く。カイルさんとアルトさんも跪いていた。……私もした方がいいんだろうか。

膝をつこうとしたところで、神獣が口を開く。

「まあまあ、そんなことしなくてもよろしいのですよ。それよりも、我らの主がお呼びです。ついてきなさい」

……まさか、こんなすぐ神獣に会えるとは思っていなかった。

九尾の狐……あの絵本通りなら、土の精霊王が生み出した神獣……。主というのは、土の精霊王のことだろうか。

それに……やっぱり、もふもふだ!! さすが神獣!

私の疲労はその一瞬で回復した。狐の背後では、九本の尻尾がゆらゆらと揺れている。そのもふもふ具合に目を奪われる。……こんな完璧なもふもふは見たことがない。後で触らせてくれるかな? もふもふしたい……。

「……チナ、乗りますか?」

「いいの!?」

魅力的な提案に食い気味に応えてしまう。恥ずかしい……。私の熱い視線に気づかれていたのだろうか。

「ふふっ。ええ、どうぞ。いくらでも触っていただいて構いませんよ」

神獣は脚を曲げて、背に乗りやすいようにしてくれる。

「チ、チナ……大丈夫、なのか?」

こんなにうろたえているカイルさんは初めて見た。さすがのカイルさんでも神獣の前ではこうなるのか。

「そんなに警戒しなくても大丈夫ですわよ。神獣と言っても、初代から記憶を引き継いだだけのただの獣《けもの》。もっと気楽にしてくださいな。さあ、詳しい話は主がしてくださいますから、ついていらっしゃい」

神獣は九本の尻尾を器用に使って私を背中に乗せると、歩き出した。

もふもふだ。私はもふもふに包まれている。興奮が抑えきれない。思わず頬ずりしてしまったが、神獣は動じない。ここぞとばかりにもふもふを堪能する。

「我らの主は土の精霊王様。チナに会えるのを心待ちにして、今頃そわそわしていらっしゃるかもしれませんわね」

歩き出してしばらくすると、小さな狐たちが出てくるようになった。神獣とは違い、一本の尻尾の普通の狐だ。

人間が珍しいのか、チラッとこちらを覗いてすぐに去ってしまう。

「ごめんなさいね。人間なんて普段見ないから気になっているのでしょう。あの子たちは私の同胞。家族みたいなものですわ。みんな優しくて良い子たちですから、どうぞ仲良くしてあげてください」

奥へ進むほど、狐たちの数も増えていく。百匹以上はいるんじゃないだろうか。

もふもふをたっぷり堪能して、落ち着きを取り戻した私は、気になっていたことを質問する。カイルさんたちは緊張で話しかけるなんてできなさそうだしね。

「あの、さっき、きおくをひきついだっていってたけど、あなたはせいれいひめといっしょにいた、しんじゅうじゃないの？」

「ええ。我らも不老不死ではありませんから。だいたいは百年ほどで代替わりします。私は三十二代目。代替わりと同時に、初代の記憶の全てを引き継ぐのです。この世界の成り立ちを忘れないように。彼らの愛した精霊姫様を忘れないように」

そうなのか。精霊王が生み出した存在なら、不老不死じゃなくともそれに近いと思ってた。そうじゃないんだ……。

私と神獣は、軽い雑談をしながら進んでいく。主に、この世界に来てからの私の話だ。

三十分ほど歩くと、大きく開けた場所に出た。地面は草原のように平らで、真ん中にはてっぺんが見えないくらい大きな木が立っている。大人二十人が手を繋いでも一周できるかどうか分からないくらい、木の幹は太い。

空気は澄んでいて、木々の隙間から差し込む日差しは暖かい。心が穏やかになるような、そんな心地よさだ。前世だったら、パワースポットとかになっていそうだな。

「さあ、着きました。ここが、我らの住処《すみか》であり、初代神獣と精霊姫様の思い出の場所。素敵なところでしょう？　……主、精霊姫様をお連れしました。降りてきてくださいな」

神獣がそう言うと、木の上からゆっくり何かが下がってくる。近づいてくると、それが人である

ことが分かった。なんだか神様っぽい登場だ……。

「チナ、待っておったよ。元気そうで何よりじゃ」

いきなり名前を呼ばれてびっくりした。神獣もそうだったけど、私のことを知っているんだな。

土の精霊王様は、真っ白な髭《ひげ》を伸ばしたお爺ちゃんだった。目は神獣と同じ橙色。神獣よりもキラキラと輝いている、というよりか、むしろ発光してる？　そのくらい神々しくて、ただ者じゃない感が伝わってくる。……仙人のようだな。

カイルさんたちはその場に跪き頭《こうべ》を垂れる。すると私は精霊王様に抱き上げられた。

「おお、可愛いのう、可愛いのう。さすが我らの愛し子。お前さんを再びこの腕に抱くことができて、儂《わし》は幸せ者じゃのう。今頃あやつらも羨ましそうにこちらを見ているのじゃろうな」

再び？　あやつら？　……見てるって？

「儂ら精霊王や神はチナと繋がっておるからの。いつでも見守ることができるんじゃよ」

「え、こえにだしてた？　つながってるって？」

「顔に出ておったよ。チナは神の子であり、精霊姫。精霊姫とは精霊王全員の加護を受けた者じゃからの。儂らとの繋がりができておるのじゃよ」

「そ、そうなんだ」

驚きが大きすぎて、ついタメ口になっちゃったよ。まあ、気にしてなさそうだしいっか。

ちなみに、加護というのは愛し子の中でも特別な者に授けられるらしい。

愛し子の称号は精霊王たちの気まぐれで授けることがあるが、見守ることも手助けすることもない。その属性魔法を使いこなせるようになったり、精霊たちが気まぐれで手助けしたりすることがあるらしいが、それだけだという。

それに比べ加護は、精霊王が気に入り、心から力になりたいと思った者に授けられるらしい。本来、精霊王は地上に干渉することはほとんどないので、そこまで気に入る者に出会うことはない。そのため、加護を授けたのは私が二人目。一人目はもちろん初代精霊姫だ。

「して、そなたらは儂に聞きたいことがあったのじゃろ？　その前に儂の話を聞いてほしいのじゃ。チナがこの森に来る前の話じゃ。……チナ、こやつらにはまだ全部言ってないのであろう？　こやつらは信用に足る人物である。信じて話してはみんか？　その方が儂らも都合が良いでの」

それは、ずっと考えていたことだ。みんなに前世の記憶を話すのか……。精霊王様は全部知っているのだろう。

私は三人を見る。まだ緊張した様子だけど、大事な話だと察して、私の方を真剣な顔をして見ている。

……この人たちには知っておいてほしい。これは私のわがままだ。私が話せば、みんなにも私の秘密を背負わせてしまうことになる。……それでも。

「カイルさん、アルトさん、ライくん。……わたしがここにくるまえのはなしをしてもいい？　しんじられないかもしれないし、わたしのことがいやになっちゃうかもしれないけど、みんなにはしっておいてほしいんだ」

「……分かった、聞かせてくれ」

カイルさんが答えた。

私は、前世の記憶があることを話した。こことは違う世界で、二十八歳まで生きていたこと。事故に遭って死んでしまったこと。目が覚めたら川にいて、何故かこの体になっていたこと。

「……そうだったのか。言いにくいことだっただろうに、話してくれてありがとう」

「わたしのこと、いやになった？　ほんとはおとなだったのに、こどものフリしてあまえてたし……」

「嫌になんかならないぞ。チナはチナだ。そう言っただろ？　それに、甘えてくれるのは嬉しい。これからも、どんどん甘えていいんだ。心は大人かもしれないけど、体は子供だ。その体じゃあ、抱えきれないことも、不便なこともいっぱいあるだろ。もっと俺たちに寄りかかっていいんだぞ」

「うん……。ありがとう」

カイルさんの言葉が嬉しくて、引っかかっていたことがスッキリしたような感じがして、私の目から涙が一粒こぼれた。

「では儂からは、チナが前世で亡くなってから、この世界に来るまでのことを話そうかの。チナ、良いか？」

「うん。おねがいします」

◇◇◇

精霊王様の話は、死後の魂の行方《ゆくえ》から始まった。

人が亡くなった後、その魂は冥界《めいかい》に連れていかれる。冥界では裁判が行われ、地獄行きの者と天国行きの者に分けられる。

地獄行きの魂は地獄で長い時間をかけて罰を受けながら消滅していく。天国行きの魂は天国で徐々に記憶を薄れさせ、完全に記憶が消えたところで、新しい命として転生する。

しかし、私の魂は冥界に辿り着く前に迷子になってしまった。そこは、冥界と現世の狭間《はざま》。狭間で迷子になってしまった魂には淀《よど》みが発生し、長い間見つけてもらうことができなかった場合、消滅してしまうこともあるのだ。

——私は運良く、この世界の神、アルテナ様に見つけてもらえた。

通常、神に見つけられた魂は、特別な部屋に送られ淀みを浄化し、新たな命として、見つけてくれた神の世界に転生する。ただ、私の魂は何故か、浄化が必要ないほどにまっさらだった。その上、ダイヤモンドのように澄んだ、透明な魂だったそうだ。

迷子になった魂で、そんな綺麗な魂など見たことも聞いたこともなかったアルテナ様は、私の魂に興味を持った。この魂が成長したなら、どんな者になるのだろう、と。

普通に転生させてしまえば、アルテナ様は私の魂の居場所が分からなくなってしまう。私を常に観察する方法は、繋がりを持つこと。そこで、私はアルテナ様の子供として転生させられることになった。アルテナ様は私を自分の子供にしてしまうことで、繋がりを持とうとしたのだ。

アルテナ様は私の魂を入れる器を作った。すぐに死んでしまっては意味がないと、膨大《ぼうだい》な魔力、強靭《きょうじん》な体、そして、神の司《つかさど》る魔法である無属性魔法を与えて。

その後、アルテナ様は精霊王様たちに私のことを託した。神は地上に干渉することができないため、私を地上に送り出すには精霊王様たちに頼るしかなかったのだ。

私の魂を受け取った精霊王様たちはまた、私のことを気に入った。自分たちも見守りたいと、加護を与え、繋がりを持つことにした。

神の子、そして精霊姫となった私を、普通の人間のもとに生まれさせるわけにはいかない。

精霊王様たちは話し合った結果、多くの子供（狐）たちを育てている土の神獣の地に、私を送ることにした。特定の場所を指定して送り出すことはできなかったため、ルテール森林全体を指定し私を送り出した後、私の魔力を辿り神獣に迎えに行ってもらおうと考えていた精霊王様たちだったが、ここで誤算が生じた。

まっさらな私の魂は、前世の記憶も自我もない赤子として生まれるはずだった。

自我のない赤子の産声《うぶごえ》には、母親に自分の存在を刻み込むため、膨大な魔力が含まれる。

だが、私には何故か前世の記憶が残っていた。そのせいなのか、少し成長した姿でこの地に送られたのだ。成長した、すでに自我のある私の泣き声には魔力が含まれていなかった。

辿るはずの魔力がそもそもなかったため、神獣は私を見つけ出すことができなかった。

あそこでみんなに見つけてもらえたのは、完全に偶然だ。ちょうど樹海から出てきたところで、私に気づいてくれた。あそこで気づかれていなかったら、私はきっと魔物に襲われ、もうこの世にはいなかっただろう。

そこから先は、私たちの知る通りだ。

「先ほど、私がチナを見つけられたのは、森を治癒するための大きな魔法が使われたからです。あの魔法がなければ、あなた方は今でも森を彷徨《さまよ》っていたでしょう。偶然とはいえ、大きな魔法を使っていただけて良かったです」

神獣によると、ここでまた、私は偶然に助けられていたようだ。まさか、魔力を辿って私を捜してくれていたなんて思いもしなかった。

「結果として、お前さんらがチナを保護してくれたのは良かった。儂らは地上のことには詳しくないからの。人間の常識が分からず、チナに余計な苦労をかけていたじゃろう。お前さんらには感謝しておる」

「俺たちも、チナと出会えて良かったと思っています。今までつまらない人生だと思って過ごしていたのが、チナと出会ったことであっという間に変わりました。今は毎日が充実しています」

カイルさんの言葉に、思わず泣き出しそうになってしまう。迷惑をかけてばかりだと思っていたけど、そう言ってもらえて心が軽くなった。

「儂からの話は以上じゃ。次はお前さんらの番じゃよ。何か聞きたいことがあるのじゃろう？」

私は、ここに来るまでに考えていたことを頭の中で整理した。

・この目立つ容姿をどうにかできないか
・私のステータス、主に神族について
・創造魔法、時空間収納について
・他の精霊王様のこと

私が聞きたいのは、とりあえずこんな感じかな？

さっきの精霊王様の話でいくつかの疑問は解けたが、それでもまだまだ聞きたいことはいっぱいある。まずは何を聞こうか……。

私がどう話そうか迷っている間に、カイルさんが話を切り出した。

「チナが目立たないようにすることはできますか？　ただでさえ可愛いのに、こんなに目立つ色を持っているので……。できることならこのまま何も気にせずに過ごせたらいいんですが、このままだとチナは確実に狙われます。相手がただの悪党なら俺たちで守りきる自信はありますが、さすがに王族なんかが出てきたら、俺たちは手も足も出ません。この国の王族ならまだ融通が利きそうですが、他国の者までとなると……。お願いします、精霊王様。せめて、このキラキラとした輝きだけでも隠していただけたら……」

顔も声も強張《こわば》っている……。相手は精霊王だもんね。緊張しないはずがない。それでも、こうして私のことを想ってくれるのが嬉しくないわけないよね。

「そうじゃのう……。その姿が目立って目をつけられるなど、儂らは考えもせんかった。すまんかったのう、チナ。……じゃが、色を消すことはできん。それは儂らがチナを守っているという証じゃ。儂や火のと同じように、目立たない場所に移すことも皆に相談はしてみるが、あまり期待せん方がいいじゃろう」

やっぱりそうかと、少し落胆する。

この容姿は可愛くて気に入ってるんだけど、あまり目立ちすぎるのはな……。堂々と外を歩くのは難しいかな……。

「とりあえずは、儂の認識阻害でもかけておこうかの。チナと儂らが許した相手にしか本来の姿が分からないようにする魔法じゃ。許してない者には、グレーの髪に寒色系の瞳の、普通の女の子に見えるようにしておこうかの。元の顔立ちは変えられんから、そこは分かっておくれ」

そう言って精霊王様が私に手をかざすと、ふわっと暖かい空気に包まれたように感じた。

「うむ、これでいいじゃろう。チナが愛らしいことには変わりないから、気をつけるんじゃぞ」

「ありがとうございます、精霊王様。心から感謝します」

なるほど、認識阻害！　確かに、目立たなくするだけなら容姿そのものを変える必要はない。精霊王様直々に魔法をかけてもらえたのだから、これで安心だ。

「さて、チナ。お主は何を聞きたいのかね？」

「ききたいこと、いっぱいあるんだけど、じかんとかだいじょうぶかな？」

「良いぞ、良いぞ。儂に答えられることならなんでも答えよう」


私はさっき整理したことを、順番に聞いていった。答えてもらっては、その答えに対してまた質問する、ということを繰り返していたので、私たちはかなり長い間話し合っていた。気がついた時には、もう日が暮れ始めていた。

精霊王様との話し合いで分かったことを簡単にまとめると、こうだ。

私の容姿についてはカイルさんのおかげで解決したので、まずは私のステータスについて。

私は最初、自分はカイルさんたちと同じ人族だと思っていた。正直、神族と知った今でも実感はない。だから、常々《つねづね》神族とはどういった存在なんだろうと考えていたので、精霊王様に聞いてみた。答えはこうだ。

人族と神族の違いは二つ。寿命の違いと、誕生に神が関わっているかどうか。

人族の寿命は平均八十年。まれに二百年ほど生きることもあるようだが、そんな人はほとんどいない。それに比べ、神族の寿命は長い。この世に存在している神族は、私ともう一人のみということで正確な寿命は分からないが、もう一人の神族は各地の伝承や逸話に出てくるほどらしいので、かなり長く生きているのだろう。

そして、誕生に神が関わっているかどうか。これはまあ、そのままの意味だ。人族は人から生まれる。神族は神が作り出し、地上に生まれる。それだけだ。私の体は神様に作られたため、神族になった、というわけだ。

人族と神族の違いはそのくらいだという。

次に、創造魔法について。

創造魔法は神様が言った通り、なんでもできる魔法だという。今ある魔法を再現することもできるし、新たな魔法を作り出すこともできる。ただ、それは全て私の想像力、イメージ力に左右される。

魔法だけでなく、物体を作ることもできるらしい。服や鞄、石や宝石、家まで、想像力さえあれば作り出せるのだ。素材は魔力。魔力がなくなれば、作り出したものは消えてしまうが、私の魔力回復速度は異常なので、相当大きな物を作ったり、たくさん作りすぎたりしなければ大丈夫らしい。

食べ物を作ることもできるらしいが、素材は魔力だから自分で食べても作る時に使った魔力が戻ってくるだけなので、特に意味はない。他人が食べれば、魔力回復薬の代わりになるそうだ。カイルさんたちにあげる分にはいいが、他の人には知られないようにしないとな。食べ物だけを延々と作り続ける奴隷にはなりたくない……。

もちろん、作れないものもある。そのうちの一つはお金だ。私が作ったお金を使うと、貨幣の価値が下がって世界が混乱しちゃうかもしれないしね。そして、世界を壊してしまうような兵器や、前世にあった家電製品なども作れない。まあ、お金や兵器を作る気はサラサラないけど、一応、私自身が悪用されないように神様が配慮して、元から作れないようにしてくれたらしい。ありがたい。家電製品そのものは作れないけど、それに似た、この世界でも使えるものは作れるようだ。作ったとしても、自分で使う分だけかな。私の魔力が素材となるなら、販売するほどたくさんは作れないしね。

そして、時空間収納について。

これは想像した通り、時間停止機能つきの無限収納のようだ。まだ使ったことがなかったのは、ものをしまった後、取り出せなくなったらなんか嫌だから。スキルは無意識に使えるんだから大丈夫だと言われても、ちゃんと使い方を聞くまではなんだか不安で使えなかった。

精霊王様に教えてもらった使い方は簡単だ。しまいたいと思ったものは、収納箱に入れるようにイメージするだけでしまえる。手を触れなくても、視界にさえ入っていればなんでもしまえるらしい。ただし、生き物はしまえない。

出す時は、視界に出したいものが半透明の状態で現れる。それを置きたい場所に置くようにイメージするだけだ。大きさも形も正確に見えるから、間違って大きなものを狭い部屋で出してしまうことも、出したもので周りの人を潰してしまうこともない。なんか、ゲームの模様替えみたいだな。

必要なものは勝手に思い浮かぶし、収納物を整理したい時は、必要ないものが思い浮かぶ。なので、しまったまま忘れ去られて一生そのまま、なんてことにはならないそうだ。……なんて便利なんだ。さすがユニークスキル。

他の精霊王については、実際に会って確かめろと、教えてくれなかった。精霊王様たちに会うには、ここは別の神獣が守る地に行けばいいらしい。本当はみんな、すぐにでも私に会いたいけど、忙しすぎてなかなか時間が取れないんだとか。仕事を放棄して私に会いに来る者が現れないよう、会うのは私から会いに行った時だけにしようと、取り決めたそうだ。その代わり、私が会いに行けば丸一日は地上にいてもいいことになっているという。みんな私に会いたくて、少しでも時間が取れるように仕事を頑張っているから、時間がかかってもいつか会いに行ってやってくれと言われた。

もちろん、そのつもりだ。

私が聞きたかったことは、このくらいかな。話している間に何度か脱線して、面白い情報も手に入れた。

一番の問題であった私の色。実は、どこにどの色を入れるかは、ジャンケンで決まったらしい。最初、私はグレーの髪にグレーの瞳だったらしい。みんな目立つところに自分の色を入れたくて言い争いになり、土の精霊王様が「ジャンケンで勝った者から好きなところに入れていこう」と提案したそうだ。ちなみに、土の精霊王様はジャンケンには参加していない。私に自分の色が入れられるならどこでも良かったらしい。……大人だ。

勝ち抜け順は、風、闇、水、光、火。

一番に勝った風の精霊王様は、やっぱり一番目立つ髪に。ただ、「髪全部を緑にするよりも、一部だけにした方が可愛いし、逆に色が目立つ！」と言ってこの髪色になった。もちろん、空いているところに他の色を入れるのは許さなかった。

次に闇と水の精霊王様。右と左の瞳にそれぞれ。光の精霊王様が瞳に色を入れられたのは「濃い紫と青の瞳の中に金色の光を散らすと、夜空に輝く星のように綺麗！　それに、星の輝きがあった方が夜空の色も映える！」と、必死に闇と水の精霊王様を説得した結果だそうだ。

火と土の精霊王様は、これ以上顔に色を入れると逆に汚くなると判断し、体のどこかに入れることにした。二人で相談した結果、「どうせ見えないところになるのなら、かっこよくしたい」と、背中に自分の色で羽の模様を描いた。

結果的にみんなが大満足する私が出来上がった。確かにこんな経緯があったなら「目立つから色の場所を変えてほしい」なんて言えないな。私もこの容姿を気に入っているし、認識阻害もかけてもらったから、まあこのままでもいいだろう。

あとは、精霊姫について。

初代精霊姫は、あの絵本の通りの存在だということが分かった。それも、あの絵本を書いたのは精霊王様たちと神獣たちらしい。みんなが愛した精霊姫の存在を、この世界に残したいと考えた結果が、あの絵本だったようだ。みんなで絵本を作り、世界各地にばらまいたらしい。ものすごく愛されてたんだろうな。

初代精霊姫は私とは違い、神様の手が入っていない、精霊王様たちによって生み出された存在。種族は精霊族だったそうだ。神獣たちもそれぞれの精霊王様に生み出された存在なので、精霊族となる。私は神様の手によって生み出された存在だが、それには精霊王様たちも関わっているので、実は神族と精霊族のハーフみたいなものらしい。……また私にやっかいなステータスが追加された。どうせ黙っていたら分からないことなので、これは墓場まで持っていこう。

なんとなく、私には勇者的な役目はないのか聞いてみた。魔王を倒すとか、歪んだ世界を元に戻すとか。それを聞いた精霊王様は、呆れた目をして「そもそも、魔王はチナの想像しているような存在ではないし、世界は歪んでいない。それに神様は世界に干渉しないので、勇者を喚《よ》び出したりしない。この世界は平和だし、チナは自分の好きなように生きたらいい」と言った。

神様は、本当に私がどんなふうに成長するのか見てみたかっただけなのか。魔法も魔力も体力もチートだから、実は何か目的があったりするのだろうか、と思っていたから安心した。勇者に憧れる気持ちはないわけではないけど、そんなことしたら目立っちゃうもんね。勇者とかじゃなくて良かった。ていうか、いるんだね、魔王……。

◇◇◇

精霊王様の話が終わった後、みんなでごはんを食べることになった。

「チナちゃ～ん、ごはんできたよ～」

アルトさんの声がかかり顔を上げると、みんなが座って私を待っていた。ちゃっかり精霊王様も交じっているけど、いつの間にあんなに馴染んだんだ……。

腰を上げ、みんなのいるところへ向かう。私は精霊王様の膝の上に座らされた。

「人の作ったものなんて初めて食べるのう。楽しみじゃ」

「外だとたいしたものは作れないので、あまり期待しないでくださいね」

アルトさんは苦笑してそんなことを言うけど、私は知っている。アルトさんの作ったものは、料理人顔負けの美味しさなのだ。森の中であってもこんなに美味しいものが食べられるのかと、最初は驚いたものだ。

思った通り、精霊王様はアルトさんの料理を大絶賛。美味い美味いと、何度もおかわりしていた。これにはさすがのアルトさんも照れていた。

夜は精霊王様と一緒に外で寝る。周辺は結界が張ってあるため、人間はもちろん、魔物も入ってくることはないらしい。超安全地帯だ。満点の星空を眺めながら、私たちは眠りについた。

◇◇◇

翌朝、朝ごはんを食べた私たちは出発する。精霊王様も空に帰る時間が迫っていた。

「はあ、もう帰らんといけんのか。もう少しチナと一緒にいたかったのう」

「わたしも、もっとせいれいおうさまと、おはなししたかった。また、あいにくるね」

精霊王様は頬を緩めて頷く。そして、何故かライくんに目を向けた。

「……さて。お主はライといったかの」

「……は、はい。精霊王様」

いきなり話しかけられたライくんは緊張気味だ。昨日、仲良く晩ごはんを食べたとはいえ、ライくんは基本聞き役。言葉を交わすのはこれが初めてじゃないだろうか。それにしても精霊王様、なんでいきなりライくんに……？

「お主に儂の加護を与える。まあ、チナに授けている加護よりも格段に小さいものじゃがの。本当は橙の色を持った者がいれば、土属性魔法を扱い慣れているじゃろうし良かったんじゃが、おらんようじゃしの。お主の茶色が一番橙に近いし、まあ良いじゃろ。儂の力を存分に活用して、チナを守ってやっておくれ」

「あ、ありがとうございます……！　精霊王様にいただいたこの力、チナのために活用させていただきます！」

「うむ。期待しておるぞ」

驚きの展開だ。まさか、精霊王様がライくんに加護を与えるなんて……。それも私のためにって……。

するとと、神獣が口を開いた。

「では主、チナのことはこの者たちと私にお任せください。何かあればすぐに連絡いたしますわ。……さて、皆さん。行きましょうか」

ん？　今の言い方は神獣もついてくるって言ってるように聞こえるんだけど、気のせいかな？

「これからは私もお供しますわ。よろしくお願いしますね」

「……いやいやいやいや。神獣様がついてきちゃっていいんですか？　ここを守っているのでは？」

慌てるカイルさん。私もカイルさんの意見に頷く。

「安心してください。この地を守っているのは結界であって、私ではありません。神獣というのは、初代の記憶を引き継ぐために存在しているのです。『精霊姫様のことを忘れない』、それが初代の願いですから。私たちだって生きている限り、いつ何が起こるか分かりません。私に何があってもいいように、ここにいる子たちには皆、初代の記憶が少しずつ引き継がれています。私がいなくなっても、新たなリーダーが生まれるだけ。後のことはその子に任せますわ」

記憶を引き継ぐってそういうことか、と納得する。

しかし、あっさりしすぎではないだろうか……？

「え、神獣様の代替わりって、そんな簡単にしていいものなんですか？　儀式とかないんですか？」

「ええ。先代にも、旅に出た者、魔物に喧嘩を売りに行って戻ってこなかった者、迷子になって帰ってこなかった者などがおりますもの。私など、出ていくと事前に言っているのですから、いい方ですわ。儀式というか、新たなリーダーは早い者勝ちで決まります。初代の記憶は九つに分かれて、それぞれ一つずつ引き継がれていますので、みんなで交換し合いながら一番早く九つの記憶を集めた者が勝ちです。この九本の尻尾は、九つの記憶を全て持っているという証ですのよ」

「えぇ……。それでいいんだ……」

代替わりがまさかのゲーム感覚だとは……。

「私はチナとともに行きますわ。いいですわよね？」

完全についてくる気だ。私はいいんだけど、カイルさんの顔が死んでいる。……そうだよね。伝説の存在みたいなものだもんね。いきなり仲間になるって言われて、戸惑わない方がおかしいわ。

「カ、カイルさん……？」

「はっ！　……神獣様がついてくることに関して、俺は何も言えません。チナに任せます。ただ、その、神獣様はかなり目立つと思うんですが……」

「ああ、そうだったわね。…………これでいいかしら？」

神獣はポンッと飛び跳ねて一回転すると、小型犬サイズの普通の狐になった。

「か、かわいいっ……!!」

思わず抱きしめてしまうほどの可愛さだ。尻尾は一本になってしまったが、もふもふは健在。絶対夜は一緒に寝よう。

「チナは気に入ってくれたようですわね。さて、これで一緒に連れて行っていただけます？」

カイルさんは何か言いたげな顔をしている。けど、言いにくいことのようで、なかなか話を切り出さない。ようやく発した言葉は、緊張で掠《かす》れていた。

「………神獣様。……ものすごく言いにくいのですが……多分、そのお姿だと、誰かの従魔とならないと、町に入れません」

従魔。それは、人が従えた魔物のこと。私も町の中で何回か見たことがある。

普通、魔物を従えるには、力で屈服させ、従わざるをえない状態にしておかなければいけない。意思疎通できる魔物なんていないからだ。つまり従魔となった者は、その主人に完敗したと見なされることになる。

実際、従魔となった魔物がどう思っているのかは分からないが、奴隷のように使い潰したり、虐待行為のようなことをしたりするのは禁じられているので、その辺りは心配しなくていいだろう。

それに、力で屈服させても必ず従魔契約できるとは限らないので、契約には魔物の意思も関わっているのではないかと言われている。私が見た従魔たちも、主人に懐いているように見えたしね。

何が言いたいのかというと、普段は人々から敬われる存在である神獣が、従魔契約なんて認めるのだろうか？　そもそも、神獣と従魔契約ができるのか？　ということだ。

「なんだ、そんなこと。別に構いませんよ。人からどう思われるかなんて、私の知ったことではありませんし。私にとって大事なのは、チナのそばにいられるかどうかということですから」

あっさりと認めた。神獣……かっけぇな。

「私としては、チナの従魔となりたいのですけれど……」

「すみません、神獣様。そうなるとかなり目立ってしまいます。従魔契約ができるほど強い五歳児など、聞いたことがありませんので……」

しょぼんとして耳が折れてる……可愛いっ！

「まあ、そうですわよね。残念だわ。……そうね、じゃあライにしましょう。主の加護を得た、あなたにお願いします」

「……はい。……よろしくお願いします」

「じゃあライ。私に名前をつけてください」

「…………えっ」

困ってる……！　ライくんがものすごく困ってる……!!

チラチラとライくんの視線を感じるんだけど、これはＳＯＳか……？

「えっと、わたしもいっしょに、おなまえかんがえたいな～なんて」

「まあ！　チナが考えてくださるの！　そうよね、何も必ず主人となる者が考えなくちゃいけない、なんてことないですものね」

ライくんはあからさまにホッとした顔をしてるし、神獣はめちゃくちゃ喜んでるし……。これは、やっぱりやめたいなんて言い出せない……。何故もっと考えなかった。私はネーミングセンス皆無だろうが!!

……言い出したからには考えないといけないな。神獣の名前か……。

土の神獣は九尾の狐……。金色と茶色と橙色……。土の精霊王様の色も橙色だよね……。橙……。

確か、橙って名前のミカンがあったなあ。ミカン食べたいなぁ……。

「……ミカン」

「ミカン！　素敵な響きですわ！　どういった意味がありますの？」

え、ミカン気に入ったのか？　意味か……。ミカンってこの世界では、なんて名前だったたっけ？

え～っと、確か……。

「オラン！　オランににてるくだもののなまえが、まえのせかいではミカンだったの。ほら、しんじゅうさまの、めのいろ、だいだいいろでしょ？　ミカンのなかまにね、たしかだいだいってなまえのくだものがあったな～とおもって」

「素敵ですわ！　私、オランが大好きですの。目の色も気に入ってますのよ。……ミカン。気に入りましたわ。ありがとう、チナ。……さあライ。契約いたしましょう」

単純な理由だけど、気に入ってくれたみたいだ。

目をキラキラさせた神獣――ミカンがライくんに契約を迫る。

「けいやくって、どうやってするの？」

「主人となる者と従魔となる者が互いに契約したいという意思を持って、主人となる者が魔力を込めながら従魔となる者の名前を呼びますの。それで契約完了ですわ」

なるほど、やっぱり魔物側の意思も必要なのか。まあ、無理やり従わされるってわけじゃないのなら安心だな。

ライくんとミカンが、対面に立って見つめ合う。

「……君の名は、ミカン。……これから、よろしくお願いします」

「よろしくお願いしますわ。主人はライとなっても、私の最優先はチナ。そのことは忘れないでくださいませ」

「……もちろんです」

契約はあっさりと終わった。ライくんも自然に話せてるし、案外いいペアになるかも。

「皆様も、これからは私に敬語なんて使わないでくださいませ。ただの従魔に敬語を使うような変人になりたいのなら止めませんけど。私のことはミカンと呼んでくださいね」

「「はい……いや、うん。分かった」」

カイルさんとアルトさんにもしっかりと釘を刺すミカン。なんか、尻に敷かれそうな雰囲気だな……新たなリーダーの誕生か？

「ミカンか……。良い名をつけてもらったな。ミカンがお前さんたちについていくのなら、儂も安心できる。ミカンとなら儂はいつでも連絡が取れるからの」

え、そうなの？　そういえばミカンも精霊王様に、何かあれば連絡するとかなんとか言ってたな。

「神獣は儂自身が生み出した子じゃからの。その子孫であるミカンとも繋がりは深い。ミカンの居場所はいつでも分かるし、遠く離れていても念話《ねんわ》で連絡できる」

そうなのか。すごいな。念話か……いいな。

「さて、やり残したことはもうないかの？」

精霊王様はぐるっとみんなの顔を見回して頷く。

「うむ。大丈夫そうじゃな。まあ、何かあればまたここに来ればいいし、ミカンに連絡してもらってもいい。ここに来るのも、ミカンがおれば迷うことはないじゃろ。……チナ、最後にもう一度抱きしめさせておくれ」

「うん。せいれいおうさま、ありがとう。またあおうね」

「ああ、もちろんじゃ。では、またの」

精霊王様はそのまま、天に昇っていった。

「よし！　じゃあ俺たちも行くか！」

「ええ。……みんな、ここのことは任せましたよ。まあ、気が向けば帰ってきますわ」

ミカンは集まってくれた仲間たちに挨拶をすると、ライくんの肩に飛び乗った。

私たちはまた、来た時と同じように森の中を進んでいく。

帰りは二日で町まで辿り着いた。

まだ二日と短い時間ではあるが、ミカンは私たちに馴染み、三人も気後《おく》れせずにミカンと話せるようになっていた。

「ミカン。分かっているとは思うが、町に入ったら、というか俺たち以外の人がいる時は絶対に話すなよ。ここからはライの従魔として振る舞ってくれ。窮屈な思いをさせるとは思うが、頼む」

「分かっていますわ。わざわざチナを危険に晒すような真似はいたしません。それに、ここに着く前にチナに念話を仕込みましたからね。別に窮屈な思いなどしませんわ。ねえ、チナ?」

「う、うん……」

そうなのだ、私は道中、ミカンに念話を仕込まれていた。それはもう、徹底的に。

うっかり「ねんわ……いいなぁ……」とこぼしてしまったのが間違いだった。町の中で話せないことはミカンも初めから分かっていたようで、私が念話に興味を示したのを見逃さず、気づいた時にはミカンの指導が始まっていたのだ。

それはもう、驚くほどにスパルタだった。私が使う魔法はイメージ力に依存している。しかし、念話のイメージなんて、簡単に掴めるようなものではない。二人で試行錯誤してなんとか形にはできたが、念話が届くのは視界にいる相手のみ。精霊王様と念話で話すことなんて、夢のまた夢だ。

念話が使えないカイルさんたちにも、一方的になら私の言葉を伝えることができるようになったのは、ラッキーだった。ただ、全然知らない人にいきなり念話を使ったりしないように気をつけなければ。

「本当にチナには驚かされてばかりだ。いきなり頭の中にチナの声が響いてきた時には、腰を抜かすかと思った」

「ごめんね。まさかできるとはおもわなかったから」

「まあ、次から何かを試す時は、ちゃんと声をかけてからにしてくれ。このままじゃ心臓がいくつあっても足りない」

「……はーい」

それは少し大げさなんじゃないかと思ったが、カイルさんの顔がマジだったので、突っ込むのはやめて素直に頷いておいた。

そんな話をしている間に、門の前に着いた。

「あ、おかえりなさい！　カイルさん、アルトさん、ライさん！　あと、君は……この間の子かな？」

「はい！　チナです！　ぼうけんしゃになりました。これ、みぶんしょうです。おねがいします！」

対応してくれたのは、私が初めて町に来た時と同じ兵士さんだった。

私は子供らしさ全開で挨拶する。私の精神年齢を知ってしまったカイルさんは、私の全力の子供のフリに必死に笑いを堪えている。アルトさんとライくんは普通にしてくれてるのに……カイルさんには後でお灸を据《す》えるとしよう。

「チナちゃん、よろしくね。元気そうで良かった。はい、身分証お預かりします。……確認しました。大丈夫です。……そちらは、従魔ですか？」

「ああ、ライが契約したんだ」

「そうでしたか。大丈夫だとは思いますが、従魔が暴れたり問題を起こしたりした場合、責任は契約者のものとなりますのでお気をつけください。ギルドで従魔登録をお願いしますね」

「……うん。……分かった」

「はい、それではお通りください。チナちゃん、またね」

「へいしさんバイバイ！」

精霊王の証である色が認識阻害で隠されたことによって、私は顔を隠す必要がなくなった。視界が良好で過ごしやすいな。自分で言うのもなんだが、私は可愛い方だし、どんどん愛想を振りまいていこう。お店とかでお得に買い物ができるかもしれない。

魔法訓練で森に出た時から思っていたけど、自分の身分証で町に入ると、この世界の一員になったのだなと実感する。なんだか嬉しくてニマニマしてしまうのはしょうがないことだ。

「さて、俺たちはギルドに行って従魔登録とギルマスへの報告をしてくるが、チナはどうする？アルトと一緒に先に宿に行ってもいいぞ」

「ううん。わたしもダンじいにあいたい」

私たちは、みんなでギルドに行くことにした。さあ、ミカンのことはダン爺になんて報告しようか。

◇◇◇

久しぶりのギルドは、相変わらず冒険者で賑わっていた。

受付でギルマスを呼んでもらうと、すぐにダン爺の部屋まで通してもらえた。私たちが入ってすぐ、ダン爺が防音魔道具を起動させた。

「ダンじい！　ただいま！」

「おお、チナちゃん、おかえり。待ってたぞ。さあ、お爺ちゃんにどんな旅をしてきたのか教えておくれ」

私はダン爺の膝の上で、旅であったことを話した。私も興奮していて、支離滅裂な話し方になってしまったけど、後でカイルさんたちがちゃんと話すだろうからいいや。ダン爺のお爺ちゃん力が高いからか、ここでは自然と子供らしい言動になる。甘えられるっていいな……。

初めて魔物と戦って、たくさんの魔物を倒したこと。魔物に敵意を向けられた時は怖くて、少し暴走してしまったこと。

その後、ミカンと出会ったこと。ミカンは神獣で、三十二代目だということ。私たちについてくるために、ライくんの従魔になったこと。

精霊王様に会ったこと。たくさんお話をして、いろんなことを教えてもらったこと。ダン爺よりもお爺ちゃんらしかったと言ったら、対抗意識を燃やしてしまった。次に会いに行く時は、ダン爺も一緒になりそうだ。相手は精霊王なんだけど……大丈夫かな？

そして、私のことも。前世の記憶があること以外は全て話した。神様に魂を拾われたと言った時はさすがのダン爺も絶句していたが、最後まで話を聞いた上で「これからもダン爺と呼んでほしい」と言ってくれた。ダン爺なら受け入れてくれると思っていたけど、心のどこかではやっぱり、拒絶されたら……と怖かったのかな。安心して少し涙がこぼれた。ぎゅっと抱きついてごまかしたけど、多分バレてるんだろうな。

「では、その子の従魔登録をしてしまおうか」

「はい。元神獣のミカンですわ。どうぞ良しなに」

「よろしくな。じゃあライ、これに魔力を」

ダン爺がライくんに小さなプレートを渡した。それに魔力を流す。

「ミカン。従魔はこのプレートをつけなければいけない。もしミカンが何か問題を起こした場合や、何かに巻き込まれた時、このプレートからライに連絡が行くようになる。それに、プレートをつけずに一人で出歩いていたら討伐対象として攻撃されるから、絶対に外すなよ。……首輪でいいか？」

「分かりましたわ。首輪で大丈夫ですが、どうせなら可愛いものがいいです」

「ギルドにはこれしかないんだ。今は我慢してくれ。可愛いものだったらアルトがよく知ってるだろ。連れて行ってもらえ」

「そうなのですか。では、アルト。いつでも構いませんから、そのうち連れて行ってくださいませ。お金はありませんが、その代わり魔物を狩ってくるくらいはできましてよ」

「いいよいいよ。これからよろしくってことで、プレゼントさせて？」

「まあ。そういうことでしたら、ありがたく受け取っておきましょう」

元神獣と知っても態度が変わらないダン爺。さすがだ。これがギルマスの器……？

ミカンはちゃっかりアルトさんにプレゼントを貰うことになってるし、さすがミカン……。


そんな感じでダン爺とみんなが話しているうちに、私は眠ってしまったようだ。気がついたらすでに宿で、隣にはアルトさんがいた。

「チナちゃんおはよ。まだ眠そうだね？　今日はこのまま寝ちゃいな。明日からのことは、明日話し合おう。……おやすみ」

明日からか。これから何をしようか。のんびりお散歩するのもいい。お買い物に行くのもいい。その前にミカンに町を案内しないと。美味しいものも一緒に食べたいな。そのうち旅に出て、他の神獣や精霊王様にも会いに行きたい。そのためにはもっと体力をつけて、強くならないと。

森からの帰り道でも魔物と戦って、思ったことがある。私は戦いの知識も経験も、覚悟も足りない。敵意を向けられるのも怖い。今のままじゃ、旅になんて出られない。

今回の旅は、私の訓練も兼ねていた。カイルさんたちがいつでも助けに入れる体制で、なるべくたくさん経験を積めるようにしてくれていた。そんな完璧なサポートがあったのに、私は敵意を向けられた途端、足がすくみ腰が引けて、魔法の発動も一瞬遅れ、狙いが外れてばかりだった。

膨大な魔力を持っていても、強靭な体力を持っていても、チートな魔法を持っていても、私は弱い。強いなどと驕《おご》ってはいけない。

敵意を向けられるのも怖い。早く慣れなくちゃいけない。でも、この感覚は忘れてはいけない。

カイルさんたちは「もっとゆっくりでいい、頼ってくれていい」って言ってくれたけど、私は早く強くなって、みんなと対等な関係になりたい。守られるばかりは嫌だ。

私は強くなる。でも、今すぐにじゃない。知識を得て、経験を積んで、覚悟を持って、強くなる。

でも、とりあえず明日は訓練なんて気にせず、のんびりしようかな。

◇◇◇

次の日はみんな、宿の中でのんびりと過ごした。

私も初めての冒険で疲れがどっと出て、目が覚めたのはお昼過ぎだった。元気だったのはミカンくらい。

ごはんはカイルさんが屋台で買ってきてくれた。うん、やっぱり美味しい。ミカンも屋台のごはんに大興奮だった。

その次の日からは、ミカンに町を案内したり、ダン爺のところに遊びに行ったり、美味しいものを食べたりして過ごした。

ミカンの首輪は、希望通りの可愛いものが売っているお店に連れて行ってもらい、アルトさんに買ってもらっていた。ミカンの目の色に似た、橙色のものだ。小さな宝石が所々に散らばっていて、上品なミカンによく似合っている。ミカンが本物の宝石がついている高級品を選んだ時はヒヤヒヤしたが、アルトさんはなんのためらいもなく買っていた。さすが高ランク冒険者。アルトさんほどのランクともなれば、かなり稼いでいるらしい。ミカンの代わりに、今度何かお礼をしよう。

ミカンのお気に入りの屋台は、意外にも串焼きだった。一つ一つ串から外してあげると、器用に口を汚さず食べる。森では肉を食べることはあまりなかったそうだが、ちゃんと焼いてタレをつけたお肉には、一瞬で胃袋を掴まれたようだ。それ以来町に出ると、必ず毎回おねだりをしてくるようになった。

◇◇◇

そんなふうに過ごして数日が経った。

「そろそろ家に帰るか。町はもう満足しただろ」

突然カイルさんが言った言葉に、私は困惑した。

「いえ、あるの？」

ハッとしたようにアルトさんが答える。

「ああ、そういえばチナちゃんが来てからは一度も帰ってなかったか。この宿は過ごしやすいし、ギルドも近いし、周りにはお店がたくさんあるし、門にも一直線で行けるからよく泊まっているんだ。僕たちの家は町外れにあるからね。人がいなくてのんびりできるんだけど、その分不便ではあるんだ」

「さんにんで、すんでるの？」

「うん、そうだよ。でも、今日からはチナちゃんとミカンも一緒だから五人暮らしになるね。男だけだとむさ苦しいけど、チナちゃんたちが来てくれたら、二人の癒やし効果で家から出たくなくなっちゃうかも」

アルトさんはそう言って、いたずらっぽく笑う。

そうか。家があったのか。今までは私たちに付き合って宿暮らししてくれてたのかな？　きっと家の方が落ち着いて過ごせただろうに。

家に着いたら手料理でも振る舞おうか。この世界に来てからはアルトさんの手伝いくらいしかしてなかったし、体も小さくなってしまったし、ちゃんと料理できるか不安ではあるけど、みんなに感謝の気持ちを示したい。あと、これからよろしくっていう思いも込めて。

「みんなといっしょのいえでくらせるのうれしい！　これからもよろしくおねがいします！」

「うん、よろしくね。掃除は週一回、清掃の人が来てくれるから心配しないで。たまにでいいからお料理手伝ってくれると嬉しいな」

「うん！　がんばる！」

「よし、そうと決まれば早速行こうか。準備しよう」

みんな、自分の荷物を鞄にしまっていく。私の服はアルトさんが大量に買ってくれたので、これを持っていくのは大変だ。ここに来てようやく、時空間収納の出番が来た。

収納箱……服だったらクローゼットか。クローゼットに一つ一つしまっていくイメージをすると、目の前の服の山がどんどん小さくなっていった。最後には靴も鞄もしまい終え、何もなくなる。

頭の中のクローゼットを開けてみると、そこにはちゃんと服がハンガーに吊るされて、しっかり並べられていた。どんな服をしまったかなんて覚えてないけど、ちゃんと頭の中に浮かんでくる。しかも、全身コーディネートされたマネキンが何体か並んでいた。バッチリ私好みだ。これで着る服に迷うことはない。もはや、ただの時空間収納とは言えないな。

「チナ、大丈夫そうか？」

「あ、うん。ちゃんとしまえたよ。じくうかんしゅうのうすごい」

「そうか……？　よし、じゃあ帰るか。俺たちの家へ」

向かうは町外れ。さて、どんな家が待っているのかな。

7

ルテール町の大通り周辺から出るのは初めてだ。大通りはかなり賑やかだったから、町外れがどんなところなのか想像できない。ご近所付き合いとか大丈夫かな？

カイルさんたちの後をついて歩いていくと、どんどん人が減っていき、建物も少なくなってくる。

三十分ほど歩くと、建物は完全になくなってしまった。舗装された道から、土がむき出しのデコボコした道になったのはずいぶん前だ。

「チナ、見えてきたぞ。あそこが俺たちの家だ」

遠くに見える森の入り口に、大きな家がぽつんと一軒建っていた。

人がいないとは聞いていたが、本当に誰もいないとは……。ご近所付き合いを心配する必要はなかったらしい。

走り出したい気持ちを堪えて歩いて行くと、ようやく家の前に辿り着いた。宿から一時間以上は歩いてきただろう。

「チナちゃん、どうかな？　僕たちの家は」

アルトさんに尋ねられて、改めて大きな家を見上げてみる。別荘地とかにありそうな、大きくてオシャレなログハウスだ。庭にハンモックを置いて、お昼寝したくなる。

「すごい……。おおきいしオシャレだし、すてき！　わたしもここにすんでいいの⁉」

興奮が隠しきれない。実は昔からログハウスに憧れていたのだ。

「気に入ってくれて良かった。中を案内するよ、おいで」


玄関を抜けると、まずは広いリビングがあった。木の壁と床が温かい雰囲気で落ち着く。ローテーブルに大きなL字ソファ、暖炉《だんろ》があって、正面には大きな窓。そこからウッドデッキに出られる。その先の広い庭には何もないけど、芝生が整えられていて思わず走り出したくなった。

リビングの右側にはアイランドキッチンと六人掛けのダイニングテーブル。調理器具が揃っていて、料理をするのが楽しみになった。

一階にはその他に、お風呂、トイレ、客間が二部屋。二階は個室が六部屋にベランダがある。空き部屋も家具が揃っていて、すぐにでも住めるようになっていた。

「掃除は人が来てくれるし、その時に欲しいものをお願いすれば次の週に持ってきてくれるから、自分たちでしなきゃいけないのは料理くらいかな。引きこもろうと思えば、完全に引きこもれるよ」

すごい……！　なんか、貴族の人みたいだ。

「おそうじしにきてくれるのってどんなひと？」

「ギルドの関係者かな？　子育てを終えて、再就職を考えている人とかが多いって聞いたよ」

「なんでギルド？」

「ああ、この家はギルマスに貰ったんだ。僕たちはその時ちょっと疲れてて、冒険者活動もお休みしようかなって考えてたところでね。その時にギルマスが、『ここに引きこもってていいから俺がお願いした依頼だけ受けてくれ』って言って、この家をくれたんだ。ギルマスはいつでも僕たちに依頼できるし、僕たちはギルマスからの依頼以外は引きこもっていられる。利害の一致だね」

ダン爺特殊部隊にそんな裏話があったとは……！　三人は、本当にダン爺に頼りにされているんだということが分かる。

「そうなんだ……みんなのためによういされたいえなのに、わたしもすんでいいのかな？」

「いいんだよ。ここには元から家具も部屋も多めに用意されてたからね。きっと、ギルマスが仲間が増えた時のために用意しておいてくれたんだ。チナちゃんもミカンも、もう僕たちの仲間だからね。ここはもうチナちゃんの家でもあるよ」

「そっか。ありがとう」

確かに、机は六人掛けだし部屋も六部屋あった。……もしかして三人のお嫁さん用だったりして。

今度ダン爺に聞いてみよう。

「チナとミカン用の家具とか食器が必要だな。ここにあるのは大人用ばかりだし、お前たちには使いにくいだろ」

「あ、そっか。なにもかんがえてなかった。かってくればよかったね」

いの一番にソファでくつろいでいたライくんが、突然こちらを振り返る。

「……大丈夫。……作る」

「え、つくる？」

ライくんは力強く頷いて、庭に出た。

待ってて、と言われたので、大人しくウッドデッキに座ってライくんを見守る。ライくんはテキパキと木材や道具を用意して、あっという間に私とミカンの食器や家具、キッチンの高さに合うような台まで作ってしまった。風魔法を器用に使って、木材を切ったり削ったりして。

「ライくん……すごい」

「……風魔法……得意」

心なしかドヤ顔に見える。可愛い。私がライくんに手を伸ばすとかがんでくれたので頭をなでると、嬉しそうにしていた。

その後はウッドデッキに座って、みんなで日向ぼっこだ。

「庭には何もないけど、鍛錬するのにいい広さなんだよ。これからはチナちゃんも一緒に鍛錬しようね。可愛い子がいると、やる気が出るな」

おじさんみたいなことを言うアルトさん。

「うん、たのしみ。まほうもたくさんおしえてね」

「もちろん！　……あ、チナちゃん。この家の裏にある森には魔物はいないから安全だけど、絶対に一人で入っちゃ駄目だからね。チナちゃん、迷子になりそうだし」

「しつれいな！　まいごになんかならないよ！　わたしがおとなだってしってるでしょ？」

「う〜ん、そうなんだけどね。出会いがあれだったからか、どうも心配でね」

「そ、それはわすれて……」

アルトさんはクスクスと笑ってるし、カイルさんも肩が震えてるの、分かってるんだからね。完全にバカにされてる……。

「さあ、そろそろ晩ごはんの準備でもしようか。チナちゃん、手伝ってくれる？」

「うん、もちろん」

ライくんが作ってくれた台に立って、包丁を握る。この小さな手で包丁を扱えるのか心配だったけど、慣れれば問題なかった。最初はハラハラした表情で私を見ていたアルトさんも、自分の作業に戻っている。慣れれば包丁も鍋もちゃんと扱えると分かったので、今度一人で何か作ってみよう。

みんなに振る舞うのが楽しみだ。

みんなで晩ごはんを食べて、ミカンとお風呂に入った。

私の部屋は、カイルさんとアルトさんの間、ライくんの正面の部屋だ。ベッドに寝転がると、ミカンが枕元に丸まる。私はもふもふな尻尾を抱きしめ、ふかふかの布団をかぶって、幸せな気分で眠りについた。

◇◇◇

それからの私たちは、魔法などの鍛錬や、森で野営の訓練をよくしていた。主に私のスキルアップが目的だ。

私がどんどん魔法を覚えていくのが楽しくなったみたいで、みんな遠慮なく難しい魔法まで教えてくれる。このまま行けば、世界一の魔法使いになれるんじゃないだろうか？

きっと大人のままの私だったら、こんなにたくさんの魔法は覚えられなかっただろう。私の魔法はイメージ力頼りなので、どんな魔法か想像することができなければ使えない。子供の頭は、どんどん新しいことを吸収していく上に、なかなか忘れることもないので、今のうちに覚えられるだけ覚えておこう。

ちなみに、上級魔法を撃ちまくっても、結界を複数同時展開しても、私のＭＰが９００を切ることはなかったので、ＭＰの残量を気にするのはやめた。回復速度も異常だし、普通に魔法を使う分には問題ないだろう。

魔法に加えて今は剣の鍛錬もしている。片手剣、両手剣、短剣など、いろいろな武器の使い方を教えてもらっている。私のお気に入りは短剣だ。軽いし、小回りが利くので、体の小さな私にとって、とても使い勝手がいい。両手剣なんかは、まず重すぎて持ち上がらないし、あんなのを振り回したら私の方が吹っ飛んでいきそうで、諦めた。

魔法や武器の扱いだけでなく、体力をつけるための鍛錬ももちろんしている。庭をグルグル走ったり、筋トレをしたり。

ちなみに、どんなに吹っ飛ばされても、大きな傷ができても、疲れきっていても、ＭＰ同様にＨＰも９００を切ることはなかった。痛いのは変わらないから、怪我はしないように気をつけているけど。もしかしたら普通の人なら死んでしまうような傷を負っても、私は死なずに苦痛を感じ続けるんじゃないかと恐ろしくなったが、考えてもどうしようもないので考えるのをやめた。その代わり、防御と治癒に力を入れている。

みんな、意外とスパルタなのだ。それも私が望んでのことなんだけど、私はいつも半泣きで鍛錬している。あれは絶対に五歳の女の子にさせることじゃない、と思うことが多々あった。容赦なく吹っ飛ばされるし、延々と走らされるし……。ミカンはベランダから高みの見物だ。

8

そうして過ごしている間に、夏の月になった。

この世界の暦は、一年が三百六十日。春の月、夏の月、秋の月、冬の月がそれぞれ九十日間ある。風、水、火、土、闇、光の六日間が一週間にあたり、一ヶ月十五週で九十日だ。風、水、火、土の日が平日で、闇、光の日は休日。まあ私たち冒険者には、平日も休日も関係ないんだけど。

ちなみに私がこの世界に来たのは、春の月、五十三日だそうだ。誕生日もその日になるのかな？

今日は夏の月、一日。私たちは久しぶりにギルドに顔を出していた。私の冒険者活動を始めるためだ。

私の冒険者ランクは最低のGランク。精霊王様に会いに行く道中で狩った魔物の数が条件に達していたので、ランクアップできると言われたが断った。理由は、最速ランクアップになるのが嫌だったから。しかも、Gランクで魔物を倒す人なんていない。そんなの目立つに決まってる。

Gランクが受けられる依頼は、主に町の人の手伝いや薬草採取だ。私は薬草採取でランクアップしようと思っている。幸い、家の裏の森にも薬草はたくさん生えている。この日も、常設依頼になっている薬草をいくつか採ってきていた。

薬草を提出して新しい依頼を受けたところで、ダン爺に捕まった。いつものように可愛がられた後、ダン爺は真面目な顔をして、こう言った。

「チナちゃんが精霊王に会いに行くために旅に出るのは分かっているが、お前たちはどうするんだ？　少なくとも一人、できれば二人はここに残っていてくれないと困るぞ」

失念していた。そうだ、ダン爺は三人にいつでも依頼を受けてもらうために、あの家を用意したんだった。みんなで旅に出ちゃったら、依頼を受ける人がいなくなる。みんな一緒には行けないんだ。

カイルさんたちもそのことを忘れていたようで、目と口を開いて固まっている。

「なんだ、お前たちみんなして忘れていたのか。……まあ、どうするかはみんなで話し合って決めてくれ」

私たちは、ダン爺にまた明日来ると言って、家に帰った。

帰り道ではみんな何か考え込んでいるようで、ずっと無言だった。私もずっとあることを考えていた。

離れた場所にいても、すぐに連絡が取れてすぐにここに帰って来られればいいんじゃないか。つまり、連絡とテレポートができればいい。ダン爺やカイルさんたちも使うとなると、魔法じゃなくて魔道具にする必要があるな。私の魔法は創造魔法。なんでもできる。なんでも作れる。……頑張れば、いけるんじゃない？

◇◇◇

次の日、私は意気揚々とギルドに向かった。それに比べ、みんなの表情は暗い。ミカンだけは、私は関係ないという顔で歩いている。きっと、ライくんが行けないんだったら他の人の従魔になればいいとか考えてるんだろうな。昨日そんな感じのこと言ってたし。

ギルドに着くと、ダン爺が私たちを見て言った。

「その顔は、まだ結論が出ていないようだな。まあ、今すぐ旅に出るわけでもないんだろ？　ゆっくり考えればいいさ。ほんとは俺も行きたいくらいなんだけどな」

「ねえ、ダンじい。はなれたばしょにいても、すぐにれんらくがとれて、すぐにかえってこれるなら、みんなでいってもいいんだよね？」

「まあ、そうだな。でも連絡手段は手紙だし、隣町ですら三日はかかる。それから帰ってくるとなると遅すぎるからな。やっぱり誰かは残ってもらわないと……」

「ふっふっふ……！　みんな、わたしをだれだとおもってるの？　わたしにはかみさまにいただいた、そうぞうまほうがあるんだよ？　チナちゃんにまかせなさい！」

みんな驚いた顔をした後、やっぱり困惑したような、浮かない顔になっていたが、きっと説明しても分からないだろう。これはさっさと魔道具を完成させて、納得させるしかない。

その日から私の魔道具開発の日々が始まった。

◇◇◇

魔道具を作るために、まずは魔道具屋さんに勉強しに行った。魔道具の作り方、知らないしね……。なんでも作れると言っても、やっぱり既存のものを参考にする方がやりやすい。

ルテール町の魔道具屋さんは、やっぱり少し変わっているらしい。用途も使用方法も、その人が本当に必要としたものしか分からないなんて、普通の魔道具屋さんではありえない。それがどういう仕組みなのかは分からないが、この町の人たちはそういうものだと受け入れている。まあ、普通の生活で魔道具が必要になることなんてほとんどないから、町の人たちがここに来ることもあまりないのだけど。

私にはやっぱり、どの魔道具の用途も使用方法も分からなかった。私に必要なものはここにはないということだ。それでも、たくさんの魔道具が置いてあるので見ているだけで参考になる。

まず、魔道具のほとんどは水晶でできている。そして、必ず魔石が埋め込まれているのだ。

何度も店に通っているうちに、店主と仲良くなり、その会話の中から様々なことを知れた。

まず、水晶が使われている理由は、魔力の伝導率が高いから。そして、魔力が馴染みやすいから。

水晶は、透明であればあるほどいい。その分、値段も高くなるけど……。

次に、魔石が埋め込まれている理由は、魔道具の核となるから。

魔石は、鉱山や魔物から採れる。私も、自分で倒した魔物の魔石を持っている。ギルドで買い取りもしてくれるが、これは初めて魔物を倒した記念として、いくつか取っておいたものだ。

魔石の用途は多岐《たき》にわたる。一番よく見るのは、アクセサリー。宝石の一部として、魔石が装飾品に使われることがあるのだ。本物の宝石と見分けがつかないくらいに透明度が高く、輝いているものが使われていることが多い。

それに、魔石のアクセサリーは護身用の道具にもなる。魔石の魔力を放出すれば、その魔石に蓄えられている属性の魔法を使うことができるのだ。これは、自分の持っている属性以外の魔法を使う唯一の方法だ。

魔石の属性は、色で見分けがつく。赤、青、緑、橙、紫、黄色。魔石の魔力が空になると黒色になるのだが、その状態で自分の魔力を魔石に込めると、込めた魔力の属性と同じ魔石になるのだ。

もちろん、色もちゃんと変わる。

そして、魔道具の核として使われる魔石。これには魔力が空の、黒の魔石が使われる。魔石も水晶と同じく、透明度が高いものがいいものとされているが、そういうものは装飾品に使われることが多いので、魔道具ではあまり使われない。

魔道具に使われる魔石には、魔法陣を通して魔力が注がれる。そうすることで、魔道具としての効果を生み出すのだそうだ。それができるのは、魔道具を作る付与魔法師と呼ばれる人のみ。その時に使われる魔法陣は、古くから伝わる秘伝のもの。最初にその魔法陣を描いた人が誰かも分かっていないし、魔法陣の法則も分かっていない。新たな魔法陣、新たな魔道具が生み出されることは奇跡と言っていいほどのことだ。

つまり、私が新たな魔道具を生み出したと知られれば、とんでもなく目立つどころか、専門機関のようなところに連れて行かれることは間違いない。正直、リスクしかない。

それでも私は、みんなと一緒にいたい。一緒に旅に出たい。そのために魔道具を作り出そうとしている。まあ、もしバレても、ミカンや精霊王様がなんとかしてくれるんじゃないかという甘えがあることは否めない。

魔道具についてある程度分かったところで、私も魔道具作製を始めることにした。

素材はもちろん水晶と魔石。どちらも、カイルさんたちが持っていたものを譲ってもらった。私が持っていた魔石は少し小さかったからね。

通信魔道具のイメージは、もうできている。すぐに連絡が取れるものと言えば電話だ。

電波の代わりに魔力に声を乗せて飛ばせばいいし、対《つい》の魔道具にしてしまえば、飛ばした魔力を正確に受け取ることもできる。今のところ、カイルさんとダン爺に持ってもらう以外に増やす予定はないし、対になっていることで不便になることはないだろう。

形はやっぱりスマホ型。手のひらサイズの薄い水晶の板に、空の魔石を埋め込んだ。

もちろん魔法陣なんてない。電話をイメージしながら魔力を魔石に流し、定着させるだけだ。

使い方のイメージは簡単。声に魔力を乗せて魔道具に向かって話すだけ。魔力を乗せた声は、もう片方の魔道具に飛ばされ、受け取った声を流す。防音結界の魔道具を参考に、軽い防音結界が同時に展開されるようにすれば、通信魔道具ではなく、防音魔道具に見えるだろう。

無事に魔力を定着させたところで、ミカンに協力してもらい、軽くテストしてみた。問題なく声が届いたので、通信魔道具はこれで完成。防音結界もちゃんと展開されているようだ。

ただ一つ気になるのは、魔力を流した魔石が透明になってしまったこと。魔石の色は込めた魔力の属性に左右されるはずだ。私の魔法は無属性。無属性は透明ってこと？

でも、逆に透明で良かったのかもしれない。透明の魔石はパッと見、水晶と区別がつかない。魔力を流してみなければ魔石とは分からないだろう。もし何か言われても、水晶の置物としてごまかせるかもしれない。ただの水晶の薄い板にしか見えないからね。

通信魔道具ができたところで、次は問題の転移魔道具だ。

◇◇◇

転移魔道具を作り始める前に、転移するための空間を作ることにした。場所は、私たちの家のすぐ近く。

誰もいなかった場所にいきなり人が現れたら、びっくりするもんね。それに、どうせ転移するのはルテール町に帰ってくる時くらいだ。それなら転移専用の部屋を作ってしまった方がいいように思えた。初めから場所を決めておけば、転移する度にどこに戻るのか考える必要がなくなる。

庭の端の方に、大人が十人ほど入れそうな小屋をライくんに造ってもらった。……まさか、家まで造れるとは思わなかったな。

とにかく、これで帰る場所はできた。もちろん、掃除に来てくれる人にはここには近づかないように言っておく。危険なものがたくさんあるとでも言っておけば大丈夫だろう。

場所が整ったところで、転移魔道具の作製に取りかかろう。

と思ったが、転移のイメージが全然湧かない。転移なんて、物理的に不可能だもんな。どういった原理で人が瞬時に移動するのか、全く分からない。物理的に不可能なことを、私のイメージ力で補えるのか……正直、難しいと思う。そこで、考え方を変えることにした。

最初に私が考えていたのは、呪文や魔法陣で瞬時に自分を別の場所に飛ばす方法。でも、元いた場所の体を消して別の場所に現れる、なんてどう考えてもできないと思ってしまう。それなら、体を飛ばすのではなく、場所と場所を繋げばいいのではないかと考えた。それか、目にも見えない速さで走るか……。正直、走るのは現実的ではないだろう。一人なら可能かもしれないが、みんなを運ぶとなると難しい。

……とまあ、その辺のことは置いておいて、どのくらいの速さで走れるのか試してみることにした。これはただの好奇心だ。

障害物が何もない庭に出て、とりあえず百メートル先を目指してみる。足に魔力を集中させて、目にも見えない速さで足を回転させるイメージ。空気抵抗も考えて、防御結界も纏っておく。

……結果的に言うと、成功した。一瞬で百メートル先に辿り着いた。ただ、これはかなり危険だと分かった。

まず、足が千切れそうである。即座に回復魔法をかけたから無事だったが、私が回復魔法を使えなかったらヤバかった。それに、ものすごく疲れる。例えるなら、フルマラソンを全力疾走した感じだ。……フルマラソン、走ったことないけど。全身がものすごく怠《だる》くて、うまく息ができない。かつて経験したことがないほどの疲労を感じる。明日は確実に全身筋肉痛だ。

そして、防御結界はあと一歩止まるのが遅ければ、完全に壊れていた。たった百メートルでこれだ。これ以上の距離を走るなら、何重にも重ねつつ新しい結界を展開し続けなければいけないだろう。もし走っている途中に結界が完全に壊れたら、私はどうなっていたのか……。考えるだけで恐ろしい。

それに、直線状に障害物があれば確実に押し潰してしまう。この速さで避けたり曲がったりすることなんて不可能だ。もし、そこに人がいたら大惨事になる。一生もののトラウマになることは間違いない。

この瞬間移動は、封印だ。これを使う必要があるくらいの緊急事態が起こらないことを願うばかりだな。まあ、そんなことは起きないだろう。

さて、真面目に魔道具作製に取りかかろう。場所と場所を繋ぐ魔道具……。

昔、テレビでテレポートか何かの原理を説明していたのを覚えている。テレポートは、地点Aと地点Bを最短距離で移動する方法。最短距離で移動するには、途中の道をなくしてしまえばいい。例えとして、一枚の紙の左端に地点A、右端に地点Bとして点を描く。その二つを最短距離で繋げ、と言われたら、普通は一本の線でまっすぐに繋ぐだろう。しかし、テレビに出ていたその人は、紙を折り曲げて点と点をくっつけてしまった。道すらなくして、場所と場所を繋げる。これがテレポートだ、と。

確かに、繋げてしまえば移動は一瞬だ。場所と場所を繋ぐ魔法。テレポートの定義の説明を聞けば、人の体を遠くに飛ばすよりもはるかに簡単に思えてくる。あとは、私のイメージ力次第だ。

場所と場所を繋ぐものとして、一番に思い浮かんだのは転移門だ。転移門を境目にして場所を繋げてしまえば、門をくぐれば一瞬で別の場所に行ける。

ただ、門を設置するのは簡単ではない。出口を小屋の中に置く分には問題ないだろう。だけど、門の入り口側、つまり私たちが転移門を使うのがどこになるのか、分からないのだ。人に見つからない場所を確保する時間、門を設置する時間、そして、設置した門をどうするのか。そのまま放置しておくことはできない。もし誰かに見つかってしまえば、大問題になる。その辺りのことを考えると、門を使うのは現実的とは言えないだろう。じゃあ、どうするのか。

考えに考え抜いた結果、某ネコ型ロボットを思い出した。代表的な道具の一つ。あのドアを使えばいいじゃないか。

ドアなら時空間収納にしまっておけるし、設置も撤去も簡単。この小屋を出口として登録しておけば、一瞬で帰ってこられる。好きな場所を行き来できるようなドアは、また追々考えていこう。とりあえず今は、一瞬で帰ってこられるドアだ。

まずは形から入ってみよう。全体を水晶で作るのはコストがかかりすぎるし、目立ちそうだ。なので、木でドアの枠と扉を作ってもらった。もちろんライくんにだ。

枠と扉が完成したら、水晶と魔石で作ったドアノブをつける。ドアノブは、あのドアにならって丸形。魔石は、通常なら鍵がついているドアノブの真ん中部分に埋め込んだ。

形が完成したら魔法の付与だ。ドアを小屋の中に設置して、いつでもここに帰ってこられるようにイメージしながら、魔力を流す。そして、防御結界。木でできているため、壊れないように念のため結界も仕込んでおいた。

あとは、ドアをくぐった後、回収と同時に設置した側のドアが消えるようにイメージした。この辺りはもうヤケクソだ。某ネコ型ロボットが、どこでも行けるドアを使っている映像を脳内で流しながら魔力を込める。どうせこれは試作。できなかったらまた別の考え方でやってみるだけだ。

魔力を込め終わると、魔石が透明に変わる。どこからどう見ても、ドアノブが水晶でできているだけの普通のドアにしか見えない。

さあ、どこでも行けるドア第一号。早速試してみよう。

ドアの出口には小屋の中を登録したため、小屋の中が見えるところでテストを行う。

小屋の扉を開けて、その真正面にドアを設置する。ドアノブを握り魔力を流すと、小屋の中にドアが現れた。今、私が触っているドアと全く同じものだ。ゆっくりとドアノブを捻り扉を開けると、小屋の中のドアも同時に開く。開いたドアの先は真っ白で何も見えなかった。

恐る恐るそこに手を突き出してみると、小屋の中のドアから私の手首から先が現れる。……軽くホラーだな。

意を決して頭をくぐらせる。顔が出た先は小屋の中。真正面には、首を前に突き出した、不格好な姿の私の体があった。正直、かなり不気味だ。頭と体が離れたみたいで、それなのに神経は繋がっていて、体は私の思い通りに動く。見ていてあまり気分のいいものではない。さっさと扉をくぐってしまおう。

一歩踏み出すと、私は完全に小屋の中に入ることができた。転移は成功だ。

あとは、扉が消えるのかどうか……。小屋の中のドアを、時空間収納にしまう。振り返ると、設置した側の扉はちゃんと消えていた。

転移魔道具は完成した。まさか、一度でここまで思い通りのものができるとは思っていなかった。

アニメをそのまま思い浮かべながら付与したのが良かったのかな……。

それにしても、未だに私の魔法の仕組みはよく分からない。

具体的にイメージすればするほどいいことは分かっている。ただ、体を飛ばす方法の転移はいくら試してもできなかったのに、アニメのシーンを思い浮かべただけで、ドアはちゃんと消えていた。それも、消え方が忠実に再現されていたのだ。ドアが消える原理なんて私には分かりっこない。強いて言えば、ドアは元々一つのものだったので、一つに戻っただけだと考えられるが……。こんな曖昧な魔法、私に使いこなせるのだろうか……。


魔道具は二つともできた。これから何度もテストして改良していく必要はあるが、とりあえずの形はできたのだ。ここまで来るのに一ヶ月以上。この世界の一ヶ月は九十日なので、百日ほど経っていることになる。ただ、下調べや準備にかなり時間がかかったが、実際に魔道具を作り始めてからは、実はまだ一週間しか経っていない。あの変わり者の魔道具屋さんから、魔道具の仕組みや作り方を教えてもらうのに、かなりの時間を要したのだ……。

この世界に来てからまだ一ヶ月半しか経っていないというのが信じられないほど、私はこの世界に馴染んでいる。電話や転移装置を自分で作り出そうとするくらいに。前世だったらありえないことだ。自分が何かを開発するなんて、一欠片も想像していなかった。

この一ヶ月は、社畜時代に戻ったような生活だった。それでも、あの時とは違うことだらけだった。

まず、食事は毎回みんなと一緒だった。みんなで顔を合わせて、同じものを食べる。そして、夜はぐっすりと眠る。体は疲れているのに、変に目が冴《さ》えて眠れないなんて日は一日もなかった。それに、私を見ていてくれる人たちがいる。何も言わない私に、口を挟むことも手を出すこともせず、ただじっと見守っていてくれる。そして何より、楽しかった。毎日朝早くに起きて、夜眠る直前まで魔道具開発のことを考えていたのに、それが全然苦痛じゃなかった。

今の私は、毎日が充実している。この生活を満喫している。

それは、私一人ではきっとできなかっただろう。いつでもそばにいてくれるカイルさん、アルトさん、ライくん、ミカン。静かに見守ってくれるダン爺。私をこの世界に連れてきてくれた神様、精霊王様。みんながいたから今の私がある。だから、私はこれからもずっとみんなと一緒にいたい。

魔道具を作っている間、ずっと考えていた。こんなことをしても、余計な問題を増やすだけなんじゃないか、みんなに迷惑をかけるだけなんじゃないか。

それでも、私の手は止まらなかった。みんなと一緒にいたいから。そのために、この魔道具は絶対に必要なものだから。

私はわがままだ。この世界に来てわがままになった。私は、私のやりたいことをやる。そのためには努力を惜しまない。みんなで一緒にこの世界を冒険する。何かあれば私が守る。

私は、みんなが大好きだから。

魔道具のお披露目は一週間後。ダン爺の予定が空いている日に家に来てもらって行うこととなった。

◇◇◇

その日まで、私は久しぶりにのんびりできる。カイルさんたちと一緒に過ごすのも久しぶりだ。この一ヶ月間は食事と鍛錬の時しか一緒にいられなかったからな。少しワクワクしている。

「チナとのんびりできるのは久しぶりだな。何かしたいことはあるか？」

「うーん……。けんのれんしゅうと、ぼうけんしゃかつどう、かな？」

鍛錬といっても、体力作りくらいしかできていなかったし、もっと戦えるように剣を教えてほしい。私の体のサイズ的に、やっぱり短剣がいいかな？　長剣は私にはまだ早い……。

冒険者活動は今までと変わらず、薬草採取。最近は図鑑を確認しなくても見分けができるようになってきたのだ。

「結局チナは、自分のスキルアップのためになることをしたいんだな。もっとのんびりしてもいいんだぞ？」

カイルさんは苦笑してそう言った。まあ、確かにそうなんだけど……。

「ダンじいからいらいがきたときに、おいていかれたらいやだからね。はやくわたしもみんなとならんであるけるようになりたい」

「……チナ。お前はもう十分すぎるくらい強いと思うけどな」

「まだまだだよ！　もっとがんばらないと……！」

　この時私は、最強冒険者のカイルさんたちの訓練を問題なくこなせているというのが、どういうことなのかよく分かっていなかった。他の一般的な冒険者がどの程度の強さなのかも知らない。私の冒険者の基準は、カイルさんたちになっていたのだ。ルテール森林の樹海にいる魔物を瞬殺できる冒険者なんて、そういないのに……。

「他には？　強くなること以外でしたいことはないの？」

「うーん……あ！　アルトさんとおりょうりしたい！　やくそくしたのに、あんまりおてつだいできてなくてごめんね」

「それは大丈夫だよ。僕もチナちゃんと一緒にお料理したいな」

　みんなに私の手料理を振る舞うことも、まだできていない。私の元いた世界のごはんは、この世界のものと似ているとは言っても、やっぱりどこか少し違うからな。似ている料理を作って食べ比べをするのも面白そうだ。

「まあ、やりたいことがあればその都度言えばいいか。チナも、遠慮はするなよ」

「うん、わかった。ありがと！」

「よし！　じゃあ、今日はごはんを食べてもう休もう。冒険者活動は明日から。……チナちゃん、

「ごはん作るの手伝ってくれる？」

「うん!!」


この一週間は、充実したものとなった。

みんなでごはんを食べて、町や森に出かけて、短剣の指導をしてもらって。

薬草の勉強ももっとした。一度ハマるとなかなか抜け出せない性格のせいもあって、家の裏にある森の植生はバッチリ頭に入っている。

料理の食べ比べも、もちろんした。こちらの世界の調味料で私の知っている料理を再現するのは少し大変だったが、アルトさんにも協力してもらって、かなり完成度の高いものができた。久しぶりの故郷の料理は、懐かしくて涙が出てしまったけど、それをみんなで食べられて、喜んでもらえて、私は幸せな気持ちでいっぱいだった。次は、お菓子作りにも挑戦したい。残念ながら、和菓子に似たものは見つけられなかったので、まずは材料探しから頑張ろう。

短剣の指導はライくんにしてもらった。ライくんは、得意の風魔法を器用に使って短剣を操っている。私には、まだそこまでのことはできないので、この小さな体を生かした戦い方を教えてもらった。相手の懐《ふところ》に潜り込み、攻撃をして、捕まらないうちに離れる。小さな体と、すばしっこさを利用した戦い方は、なんだか忍者みたいでかっこいい。実戦でも生かせるように、体に染み込むまで練習しよう。

もちろん、魔法の練習も忘れない。私のメインの攻撃方法は魔法だしね。とは言っても、ビビリなことには変わりないので、結界と治癒魔法は、攻撃魔法よりも念入りに訓練する。これが、みんなを守ることにも繋がるからね。

他にも屋台の食べ歩きや、町の人との交流もして、あっという間の一週間だった。結局、のんびりすることはなかったな……。

明日はようやく魔道具のお披露目会。参加メンバーは、私、カイルさん、アルトさん、ライくん、ミカン、ダン爺。その他の人には絶対に見つからないように徹底して行う。

ちゃんと説明できるか少し不安だけど、これで、みんなで旅に出る許可が貰えたらいいな。

◇◇◇

魔道具お披露目の日。ダン爺にも家まで来てもらって、初めてみんなに私の作った魔道具を見てもらう。

みんな、私が何かを作っていた、ということしか知らない。誰も、魔道具を作っていたなんて想像もしていないだろう。

このことを知っているのは、ずっと私についていてくれたミカンだけ。通信魔道具のテストは、さすがに一人じゃできなかったので、ミカンに手伝ってもらっていた。

「きょうは、わたしのつくったものを、みんなにみてもらいたくて、あつまってもらいました。しょうじき、とんでもないものをつくってしまった、というじかくがあります。でも……おこらないでね？」

ちょっとおどけてみたが、空気が軽くなるどころか、みんなの顔を引きつらせてしまった。

「チナ？　何か作っているのは知ってたが、そんなにヤバいものを作ったのか……？」

「……えへへ」

「……ミカンは知ってるのか？」

「まあ、そうですわね。この子は、本当にとんでもないですわ。私もまさか完成させてしまうとは思いませんでした」

「……そ、そうか。……それで、チナ。何を作ったんだ？」

「それはですね……ジャジャーン！　こちらです！」

時空間収納にしまっていた二つの魔道具を取り出す。

一見、ただの水晶板とドアに見える。みんなこれが何か分からない様子で、ポカーンとしていた。

「……あ、俺の作ったドア……」

最初に反応したのはライくん。用途不明のまま私に作らされたドアがここで出てきて、困惑している様子だ。

「チナちゃん……これは？」

「よくきいてくれました！　これはまどうぐです！　このふたつがあれば、ダンじいがふあんにおもっていたことも、かいけつ！　みんなで、たびにでることができます！」

「……魔道具……」

唖然《あぜん》としている四人。とりあえず、みんなの意識が戻ってくるまで待っていよう。


……いつまで経っても驚きから抜け出せない四人に痺《しび》れを切らした私は、無理やり四人の意識を引き戻し、実際に使ってみてもらうことにした。

使い方は、他の魔道具と変わらないので問題ない。軽くこの魔道具の説明をして、早速使ってもらう。

「チナ……。お前、本当にとんでもないものを作り出したな……」

「ああ。これが世に広まれば、世界が変わるぞ……」

やっぱりそうだよね……。分かってはいたことだけど、この世界の人にそう言われると、私は本当にとんでもないものを作り出したという実感が湧く。

「まさか、魔道具を作り出すとは思わなかったな……」

「これはさすがに予想外だった」

「……さすが、チナ……」

「驚くほどの規格外だよね、ほんと……」

何度も、魔道具を試しながらそんなことをぼやく四人。

使い始めると、驚きよりも好奇心の方が勝るようで、いろいろ試してみていた。

「つかいにくいところとか、つけてほしいきのうとかあれば、いってね。これからもっと、かいりょうしていくつもりだから」

「そうだな……。これ、近くに人がいる時に相手から連絡が来たらどうするんだ？　結界の範囲内に人がいる可能性もあるだろ」

確かに、防音結界を展開させるとはいえ、結界内に人がいる可能性もある。例えば、恋人といる時とか、内緒話をしている時。瞬時にごまかせればいいが、勘のいい人なら何かに気づいてしまうかもしれない。何か対策が必要だろう。

「わかった、かんがえてみる。あとは、なにかない？」

「……今のところは、特にないな」

「わかった。じゃあ、すこしでもなにかきになるところがあればいってね」

あとは、どのくらいの距離が離れても使えるか、不具合は起きないかなどを調べないといけない。

これからは、それを調べるための試用期間となる。

ダン爺に通信魔道具の片方を渡して、一日一回はこれで連絡を取るようにお願いした。

「じゃあ、てはじめにいえにかえったらこれんらくしてみてね？」

「ああ、分かった」

とりあえず、春までを試用期間としよう。魔道具が問題なく使えると判断できれば、安心してみんなで旅に出ることができる。

私がこの世界に来て一年が経つ頃まで、のんびり旅の準備を進めよう。

◇◇◇

「ただいまー」

私の作った魔道具の扉をくぐって、カイルさんが帰ってきた。約三週間ぶりの帰宅だ。

「おかえりなさい！」

私は久しぶりのカイルさんに嬉しくなって飛びつく。以前と変わらない様子に安心して、体を預けた。

「ただいま。少しデカくなったか？」

「そんなすぐにはかわらないよ～」

頬ずりされると、少し伸びたヒゲがチクチクして痛い。その痛みすらも、カイルさんがここにいると実感できて嬉しかった。

季節は冬。あのお披露目会からすでに、一ヶ月以上の時が経っている。

あれからカイルさんは、度々町の外に出て魔道具の試運転をしてくれているのだ。距離が離れても問題なく使えるのか、試してくれている。

通信魔道具で毎日連絡を取ってはいるが、やっぱり直接会って話す方がいいな。通信はできても、顔が見えないし短時間しか話せないから寂しかったのだ。

少しずつ距離を伸ばして試しているのだが、今回は片道三週間の距離まで問題なく使えることが証明された。それも、カイルさんはかなり早足で進んでいるので、普通に移動するよりも遠くまで行っている。

今回の試運転をもって、私の作った魔道具の試用期間は終了とした。

特に故障や不具合もなく、今後も問題なく使えるとみんなで話し合って判断した。これで、ダン爺も安心して送り出してくれるはず。旅に出ればダン爺とは会えなくなるが、寂しくなれば通信するなり帰ってくるなりすればいいのだ。

この魔道具作りは、ダン爺の懸念《けねん》事項をなくすのと同時に、私の不安も取り払ってくれるものとなった。

「おかえり。食事もお風呂も準備できてるよ」

遅れて出てきたアルトさんがカイルさんを労《いたわ》る。まるで、よくできた奥さんのようだ。……こんなこと考えてるってバレたら、アルトさんにぶっ飛ばされそうである。

カイルさんが不在の間も、私の修業は続いていた。

アルトさんも、カイルさんに負けず劣らずスパルタで、もう何度吹き飛ばされたか分からない。

その分、私の防御と治癒能力はかなり上達したのだが……。

ライくんの修業では、吹き飛ばされることはなかったが、ライくんの納得が行くまで延々と終わらない地獄だった。おかげで私の体力は普通の子供の数十倍はあるんじゃないだろうか、と思えるほど鍛えられた。

二人とも、私が本気でもう無理だと感じた時には休ませてくれたが、それ以外は本当に容赦がなかった。……カイルさんまでいたら、私の心は折れていたかもしれない。魔道具の試用を任せたのは、正解だったかな。

さらに遅れて、ミカンを抱えたライくんが出てくる。さっきまでお昼寝をしていたからか、その目はほとんど開いていない。ミカンを抱えているのも、暖を取るために違いない。ライくんはみんなの中で、一番寒さに弱いらしかった。

「あ、ゆき……」

カイルさんから離れ顔を上げると、空からチラチラと降ってくる白い雪が見えた。

ここ数日、少しずつ雪が降り始めている。そろそろ積もりそうだね、とアルトさんと冬支度を始めていたのだ。

この辺りは毎年、そこそこ雪が積もるらしい。その間は、ほとんどの人が家にこもる。そうなる前に、カイルさんには帰ってきてもらった。雪のせいで身動きが取れなくなり、帰ってこられない、なんてことになるのは嫌だったからね。

「うぅっ。寒い」

ミカンだけでは満足できなくなったのか、抱えていたミカンを首に巻きつけたライくんが、私を抱きしめる。体温が高い子供の体は、しょっちゅうライくんの湯たんぽにされる。寝ている時以外は特に被害もないし、まあいいかと私も諦めた。

私を抱えたライくんがそそくさと家の中に戻っていくのを見て、カイルさんとアルトさんも動き出した。

◇◇◇

次の日の朝。

凍えるような寒さと、やけに眩しい日差しで目を覚ました私は、窓の外を覗き見る。

「――ゆきだっ!!」

辺り一面に降り積もった雪は、視界を真っ白に染めていた。

「カイルさん、ゆきー!」

興奮した私は、そのままカイルさんの部屋に突撃する。特に鍵がかかっているわけでもないその扉は、勢いのまま開き、バンッと大きな音を立てた。

布団にうずくまるカイルさんに飛びついた私は、その布団を引っぺがし、寝ぼけ眼《まなこ》のカイルさんを揺さぶる。

「ゆき、つもったよ！　すごいまっしろ！　あそぼー！」

無事カイルさんを起こすことに成功した私は、アルトさんに買ってもらったフワモコ毛皮のシロクマコートを羽織り、庭へ繰り出す。

私の腰の高さまで積もっているのは、ふわふわの粉雪。私は迷わずダイブして、大の字に寝転がった。

「カイルさん、もちあげて！　まわりにあしあと、つけないようにね！」

カイルさんに背中の真ん中辺りを掴まれた私は、そのまま親猫が子猫を運ぶ時のように持ち上げられる。まっさらな雪の大地には、私が大の字に寝転がった跡が、くっきりと残っていた。

「できたー!!」

大興奮の私。

それとは正反対に、冷めた様子のカイルさん。マフラーに顔を埋め、眠そうに大あくびをかます。

「……楽しいか？」

「うん！」

「そうか。良かったな」

フードの上からガシガシと頭をなでるカイルさんの様子に、冷めてはいるけど嫌がってはいないのを感じ取った。

私は雪だるまを作ったり、雪玉を投げたりして、存分に異世界で初めての雪遊びを楽しんだ。

ぼんやりしているカイルさんに雪玉を投げつけた時、ほとんど動かずに避けたのが面白くて、私はしばらく一方的な雪合戦を楽しんでいた。ちなみに、一度も当てることは叶わなかった。

◇◇◇

そんな平穏な日々が過ぎ去り、春になった。

私がこの世界に来て、一年が経つ。私も今日で六歳だ。この一年は、とても濃い時間を過ごした。

異世界に幼女転生するという、小説のような出来事が自分に起こり、最初は訳が分からなかった。

カイルさん、アルトさん、ライくんに出会っていなければ、私は今頃どうなっていたのだろう？

下手したら、もうこの世にはいなかったのかもしれないと考えると、背筋が震える。本当に、あの時三人に出会えて良かった。

それから、本当のお爺ちゃんのように接してくれるダン爺。

私のことを見守ってくれていた精霊王様。

私についていきたいと言ってくれたミカン。

そして、私をこの世界に連れてきた女神、アルテナ様。

魔道具屋さんの店主さんがいろいろと教えてくれたおかげで、魔道具を作ることもできた。

冬の間に、私の冒険者ランクはFランクに上がった。コツコツと薬草採取を頑張った結果だ。

戸惑うこともたくさんあったが、毎日が辛かった前世とは違い、人に恵まれ、環境に恵まれ、今の私は幸せでいっぱいだ。

まだ一年しか経っていないのが信じられないほど、私はこの世界に馴染んでいた。もう胸を張って、ここが自分の故郷だと言える。

私たちは明日、この地を旅立つ。

目指すはこの国最大の都市、王都。王都付近にあるという、神獣の守る地の噂を確かめに行くのだ。

次はどんな神獣、精霊王様に会えるのか……。楽しみでドキドキと胸が高鳴る。

旅に出れば、しばらくはダン爺に会えなくなる。寂しいが、いつでも連絡が取れるんだと考えると、少し心が安らいだ。

これから出会うのはいい人ばかりじゃないかもしれない。たくさんの困難にも遭うだろう。

それでも、私はみんなと一緒にこの世界を旅することが楽しみだ。いろんな場所に行き、いろんな人に出会って、私は自分の世界を広げていきたい。日本に住んでいたアラサー社畜の七瀬千那ではなく、この世界に生まれた神族の女の子、チナとして。一生懸命この世界で生きていくことを、改めて誓った。

9

私は今、カイルさん、アルトさん、ライくん、ミカンとともに、王都を目指して歩いている。

王都までは乗合馬車で約二十日。ルテール町から出ている馬車に乗っても良かったが、急ぐ旅でもないので私たちは歩いて王都へ向かうことにした。道に沿って歩き、夜は所々にある広場のような場所で野営をしている。たまに他の旅人や冒険者と会うこともあるが、今のところ何事もなく順調に進んでいた。

「チナちゃん、大丈夫？　疲れてない？」

「だいじょうぶだよ！　みんなにたくさんきたえられたんだから、わたしのたいりょくがたくさんあるのしってるでしょ？」

「そうなんだけど、こんなに野営が続くのは初めてでしょ？　つい、心配になってね。疲れたり、体調が悪くなったりしたら、すぐに言うんだよ？」

「はーい！」

みんなこんな調子で、すごく気にかけてくれてるのが分かる。過保護は健在だ。私がいきなり倒れちゃったりしたら、みんなに心配も迷惑もすごくかけてしまうことは分かっているから、自分の体調管理はしっかりしよう。ただ、みんなで旅するのが楽しくてずっと興奮状態だからか、全然疲れを感じない。溜まった疲れが、いつか一気に出てきそうで少し怖いな……。

「もう少しでリッテン町《まち》に着くから、そこに数日滞在しようか。チナは初めての長旅なんだから、休めるところでちゃんと休んでおかないとな」

リッテン町は、ルテール町から一番近い町。隣町だ。町の規模や雰囲気はルテール町とかなり似ているらしいが、初めての場所にワクワクが止まらない。

その日は、ちょうど日が暮れてきた辺りで広場を見つけたので、そこで野営をした。他の人は誰もいなかったので、のびのびと過ごすことができた。

◇◇◇

そして翌日。

早朝に出発して少し経った頃。少し先の茂みの中で、小さな魔力が索敵に引っかかった。かなり小さい反応だが、冷たさを感じる魔力。おそらく魔物の反応だ。魔力の小ささから、瀕死の魔物のようにも思えるけど、油断は禁物だ。

「チナ」

カイルさんが私に倒せる魔物だと判断した場合は私が戦う、と旅に出る前にみんなで決めていた。

経験を多く積むためだ。

カイルさんの合図で前に出る。そして、みんなに教えてもらったことを思い返していた。

――道中で出てくる魔物と戦う時は、私が今まで倒してきた魔物とは戦い方が違う。人を襲うことに慣れているからだ。私が今まで戦ってきた魔物は森に住み、人里には下りてこない。そういうものたちは、まず警戒してから、逃げるか戦うかを選ぶ。しかし、森の外に出てくるような魔物は、初めから人を襲うつもりでいる。人を認識した瞬間に襲ってくるのだ。だから旅の途中は索敵を念入りにして、反応を見つけたら警戒を強めてすぐに対応できるようにしておかなければならない。

その教えの通り、私は警戒を強めて静かに近づく。少し先の草むらが揺れ、魔物が森の外に向かっているのが分かった。向こうから近づいてくるということは、瀕死の状態ではない。ここまで魔力の小さい魔物は初めてだ。どんな魔物が出てくるのか分からなくて、心臓が大きく鳴る。汗をかいた手を握りしめて、短剣を握った。

「……ギャッ……ギャア……」

しゃがれたような耳障りの悪い声が聞こえる。あまり聞いていたくはない。

そして、なんだか臭《にお》う。正直、鼻をつまんでしまいたいくらいだ。生臭いような臭《にお》いに眉をひそめる。

じっと待っていると、ようやく敵が姿を現した。

その姿を見た途端、私の足が固まる。体が震えて、呼吸が乱れる。頭も回らなくなってきた。

「……チナ？」

カイルさんたちも、私の様子がおかしいことに気がついたようだ。しかし、私はその魔物から目を離せない。恐ろしいのに、いや、恐ろしいからか、その魔物から目が離せないまま固まって動けないのだ。

「ギャッ……ニンゲン……ミツケタ。オンナ……ツレテ、カエル」

その瞬間、私は腰が抜けた。見つかった。駄目だ、襲われる。……反撃しなくちゃいけないと頭では分かっているのに、体が全く動きそうにない。

魔物がこちらに向かってくるのが見える。棍棒《こんぼう》を持った腕を振り上げ、私を殴ろうとしている。

私は呆然とそれを見ているだけで、反撃することはついにできなかった。

殴られそうになった瞬間、魔物が視界から消えた。どうやらライくんが吹き飛ばしてくれたようだ。

「……チナ。……どうした？」

焦点が定まらない私の目をまっすぐに見つめて、そっと抱きしめてくれる。

「うっ……うわぁあぁぁん……!!」

胸から込み上げてきたものが一気に溢れ出した。何もできなかった自分への失望。魔物への恐怖。もう大丈夫だという安心感。私はなりふり構わずに大泣きした。こんなこと、久しぶりだ。

抱きしめて背中をなでてくれるライくんにしがみつき、その胸に顔を埋めて、私はしばらく泣いていた。

しばらくして落ち着いてきた私が顔を上げると、カイルさんとアルトさんが心配そうな顔でこちらを覗き込んでいるのが見えた。

「ご、ごめんなさい。……ライくん、ありがとう」

返事の代わりに頭をなでられて、ライくんとカイルさんが場所を代わる。ライくんは、私の後ろに回り込み、膝に乗せてくれた。

「チナ、どうしたんだ？　……何があったのか、教えてくれるか？」

カイルさんに問われて、私はさっきのことを思い返す。

緑色の肌。ガリガリの体に、ぽっこりと出たおなかで二足歩行。尖った耳、吊り上がった目、裂けたような口から覗く鋭い牙。……出てきた魔物は、ゴブリンだった。

もちろん、ゴブリンは知っている。ファンタジーでは定番の魔物だし、カイルさんたちにもしっかり教えてもらっていた。人の言葉を話すが、知能が低く、力も弱い魔物。人を襲って道具を奪ったり、女の人を攫って繁殖する。群れを作って生活しているものが多く、一匹出たら近くに三十匹はいると思え、と教えられた。その時は、あの黒くてすばしっこい、「G」と呼ばれる虫の異世界版か？　と呑気《のんき》に思ったものだった。

ちなみにさっきのゴブリンは、単独行動をしている「はぐれゴブリン」だったようだ。近くに仲間のものらしき反応はない。

知識としては知っていても、実際に見るのは初めてだ。想像のものとは全然違う。

人型なのに、人とは違うもの。明らかにこちらを狙っている目。手に持っていた棍棒には、何かの血痕らしきものがついていた。

人型の魔物を見たのは初めてだった。ルテール森林にいたのは動物型のみ。少々禍々《まがまが》しさはあるが、一見普通の動物に見えるものばかりだった。こんなに魔物らしさのある魔物は、今思えば初めてだったのだ。正直、こんなに怖いとは思わなかった。

そして、何より恐ろしかったのは、人の言葉を話すこと。しかし、お互いが分かり合えることは絶対にない。自分の目で見て、初めてその意味を理解した。魔物に感情はない。生き物を見かけたら襲う。それが当たり前のことなのだ。そこには理由も、感情も存在しない。そのことが、とてつもなく怖かった。

「そうか……。確かにゴブリンは、今まで見てきた魔物とは大きく違うもんな」

当たり前のように殺気の宿ったゴブリンの瞳が、こちらを睨みつけていた。その一瞬でパニックに陥り、私は動けなくなった。

「人型の魔物は、怖いか？」

「……うん」

正直、今になってもあのゴブリンに立ち向かえる気はしない。オークやコボルトもゴブリンと似たような魔物だと思うと、体が震えてくる。

「じゃあ、人型の魔物の相手は俺たちがする。チナが慣れてきて、自分でもできそうだと感じたら練習してみようか」

カイルさんは、以前私がパニックを起こしてから、私に甘くなったように思う。体力作りや技術向上の面では変わらずスパルタだが、実戦は無理にしなくていいという考えに切り替えたようだ。

何もできない自分に歯がゆさを感じるが、正直ありがたい。

「チナは人に頼るのが下手だからな。もっとわがままでいいくらいだぞ？」

これは、最近のカイルさんの口癖である。魔道具を作っていることを隠されていたのが、実は悔しかったらしい。私としては、うまくできるか分からなかったから過度な期待をさせないように気を遣っていたつもりだったが、それが寂しかったそうだ。

カイルさんの真剣な顔を見ていると、甘えていい、頼っていい、という言葉が胸に染み渡ってくる。まだ自然に頼るのは難しい気もするが、その言葉が私の緊張を解かしていく。強張っていた体から力が抜け、ようやく安心感に包まれた。

安心したら、急にまぶたが重くなって体の力が抜けていった。溜まっていた疲れが、恐怖心が抜けると同時に溢れ出てきたのかもしれない。甘えてもいいんだ、頼ってもいいんだ、と心から思うと同時に、下りてくるまぶたに抗えなくなり、私は意識を手放した。

◇◇◇

目が覚めると、私はルテール町で泊まっていた宿に似た部屋のベッドの上にいた。

……ここはどこだろう?

「チナ、目が覚めましたの?」

声のした方を見ると、窓際の椅子の上にミカンが座っていた。ちょうど夕日が差し込んでいて、金色の毛並みがキラキラと輝いている。

「あ、ミカン。みんなは?」

「外に出ていますわ。もうそろそろ帰ってくるんじゃないかしら?」

「そっか。……ねえ、ここってどこ?」

「リッテン町の宿です。チナが眠っている間に着いてしまいましたの」

「……みんなにめいわくかけちゃったね。……ごめんね」

私が眠っている間に、町に着いてしまったらしい。初めて行く町で、自分でギルドカードを出して門を通るのを楽しみにしていたんだけど、今回はしょうがないか……。

椅子に座り、膝の上にミカンを乗せ、のんびりとみんなの帰りを待つ。

しばらくすると足音が聞こえてきて、部屋の扉が開いた。

両手に紙袋を持ったアルトさんだ。なんだかいい匂いがする。

「あ、チナちゃん起きたんだ。良かった……。ごはん買ってきたよ。二人が帰ってきたら食べよう」

私の顔を見たアルトさんは、ホッとしたように息を吐いた。

「アルトさん、おかえりなさい。……めいわくかけちゃってごめんね？」

「ただいま。全然迷惑なんかじゃないよ。ライなんか、チナちゃん抱っこできるって嬉しそうにしてたし。町に入る前に起こそうかなとも思ったんだけど、今は休ませてあげた方がいいと思ってね。明日、大丈夫そうだったら町に出てみよっか？」

「うん！　たのしみ」

「ルテール町とほんとに変わんないから、あまり期待はしすぎないでね？」

眉を下げて笑うアルトさんに、心が癒やされていく。アルトさんは、一番の甘やかし上手だ。

この町のことを教えてもらいながら二人が帰ってくるのを待っていると、話し声が聞こえるのと同時に扉が開いた。

「カイルさん、ライくん、おかえりなさい」

「おお、チナ。ただいま。もう大丈夫なのか？」

「……ただいま」

「うん。だいじょうぶだよ。めいわくかけちゃってごめんなさい」

「迷惑ではないが、心配はしたな。まあ、元気になったなら良かった。飯にしよう」

アルトさんに買ってきてもらった屋台のごはんを机の上に広げる。ずっと、簡単なスープや干し肉しか食べてなかったから、こんなにしっかりと調理されたものは久しぶりだ。

「「「「いただきます！」」」」

やっぱりみんな、味の濃いものに飢えていたらしい。すごい速さで机の上のものがなくなっていく。……さすが成人男性。私とは食べる量が比べ物にならないな。

私の分は、最初にいろいろな料理を少しずつ取り分けてもらっていた。そうしないとあっという間になくなっちゃうからね。

味付けはルテール町で食べていたものと同じだ。馴染みのある味にホッとする。


食事を終えると、ゆっくりとお茶を飲みながら私が倒れた後のことを聞いた。

私が倒れたのは、緊張から一気に解放され、溜まっていた疲労が一気に出たためだろうと判断したみんなは、少し休憩した後、すぐに出発。私はライくんに抱えられ、いつもより少し早いペースで進み、町に到着したのは昼過ぎ。宿を取って、少し私の様子を見た後、アルトさんは買い物へ、カイルさんとライくんはギルドへ行っていたようだ。どうやら、ここのギルドに知り合いがいるらしく、挨拶へ行っていたらしい。明日、私にも会わせてくれると言っていた。

「元々ライは、この町が生活拠点だったからな。ルテール町に来たのは、俺らとパーティーを組むことになってからだろ？」

「……うん」

そうなんだ。それは知らなかった。みんな元からあの町にいたんだと思ってた。一年一緒にいても、まだまだ知らないことだらけなんだな……。

「じゃあ、ギルドにいるしりあいっていうのは、そのときからの……？」

「……そう」

するとカイルさんが言った。

「俺も昔、世話になってた人なんだ」

「じゃあ、ふたりはずっとまえからしりあいだったの？」

二人は顔を見合わせて首を傾げる。

「いや？　話したことはなかったはずだ。お互い、顔は知っていたってくらいだな」

「アルトさんは？」

「僕は二人が出会った後に、ギルマスに紹介されたのが最初だね。もっと遠くの方に住んでたから」

遠くって、どこだろう？　アルトさんの故郷も気になる。いつか行ってみたいな。

みんなの昔の話も、もっとたくさん聞いてみたい。みんなとっても強いんだから、きっと鍛えてくれた師匠とかいるよね？　そういう人たちにも会ってみたいな。

明日会えるという、ライくんの知り合いはどんな人なんだろう？　会えるのが楽しみでドキドキする。私のことも、気に入ってもらえるといいな……。

◇◇◇

今日の私は珍しく、一番早くに目が覚めた。まだ日が昇ったばかりのようで、外は薄暗い。早朝はまだ少し肌寒さを感じるが、だんだんと暖かくなってきている。

日本だったら、桜の季節だ。この世界ではまだ桜のような木は見たことがないが、この世界特有の木や花に、春を感じる。

少しずつ昇っていく太陽の光を感じながら、私はボーッと窓の外を眺めていた。

――ガチャッ。

扉の開く音が聞こえて振り返ると、そこには眠たそうに目を擦るライくんが立っていた。

「ライくん、おはよ。めずらしくはやおきなんだね」

ライくんからの返事はない。まだ寝ぼけているようだ。でも、あの寝起きの悪いライくんが自分で起きてきたというだけで、すごいことだ。

私は扉の前に立ったまま動かないライくんの手を引き、椅子に座らせた。ウトウトしながら、大人しく私の指示に従うライくん。可愛い……癒やされるなぁ……。

温かいお茶を入れ、ライくんの正面に座った私は、また窓の外を眺めながらのんびりと朝の時間を過ごしていた。

◇◇◇

ギルドへ向かったのは昼過ぎのことだ。

人の少ないギルドの中に、何やら見覚えのある人がいるのだが、気のせいだろうか？　失礼にならない程度にその人のことを見ていると、私たちに気づいたその人は、にこやかに話しかけてきた。

「おう、カイル、ライ。昨日ぶり。アルトも久しぶりだな」

「お久しぶりです。ギルマス」

ギルマス……。いやいや、あの人は滅多にあの場所を離れられないはずだし、それに、いつもなら一番に私に話しかけてくるはずだ……。

「んで？　そこの嬢ちゃんが例の……？」

嬢ちゃん……。新鮮な呼ばれ方だな。

「ああ。昨日話したチナだ」

「……チナです。……はじめまし、て？」

戸惑いながらの挨拶は許してほしい。だって、そっくりすぎるんだもん……ダン爺に。

「ああ、はじめまして。……俺の顔に何かついてるか?」

いけない、見つめすぎた。

「ダングルフそっくりだから戸惑ってるんだろ。……チナ、こいつはダングルフの弟のジルベルトだ。ここのギルマスをしている」

「……おとうと、さん」

「ああ、ジルベルトだ。よろしくな」

「ああ、兄弟か……。確かにそう言われればしっくり来る。ダン爺よりも、ほんの少し若く見える。」

「ははっ! 予想通りの反応だな!」

目を丸くしてジルベルトさんを見つめていると、カイルさんが突然吹き出した。アルトさんとライくんの肩も揺れているのが見える。……初めから言っておいてくれたら良かったのに。

「悪い悪い。チナのその驚く顔が見たかったんだ。あまりにも想像通りで、耐えらんなかった」

カイルさんの言葉に少しムッとする。ずっと笑っているカイルさんを無視して、私は改めてジルベルトさんに挨拶した。

「あの、ダンじいにはいつもおせわになってます! よろしくおねがいします!」

「……ダン爺ってのはもしかして、兄貴のことか?」

「ああ、そうだ。『俺も孫がほしい!』とか言って、そう呼ばせてるんだよ。実際、チナのことを自分の孫のように可愛がってるしな」

「孫って……。兄貴って俺の三つ上だったよな？　まだ四十三だろ？　……そもそも孫の前に、嫁さんすらいねぇだろ？」

ここで唐突に、ダン爺の年齢が発覚した。……四十三か。私の歳の孫はできなくはないが、確かにまだ若いな。それに、見た目だけだったらもっと若く見える。それなのに貫禄《かんろく》だけは年齢以上にあるからすごいんだよな……。

「俺たちもそう言ったんだが、あれはもう完全に爺バカだぞ」

「……ああ、カイルの養い子なら、孫でも合ってるのか……？」

「やめろよ！　俺はあいつの息子になったつもりはねぇ！」

そういえば、カイルさんとダン爺の関係も、あまり聞いたことはなかったな。歳が離れてるわりには仲がいいいし、確かに反抗期の息子とその親みたいに見える……。

ハハッと笑ったジルベルトさんは、ニヤッとして私を見る。

「そうか、ダン爺か。じゃあ、俺のことは……ジルおじさんって呼んでいいぞ」

お爺ちゃんの次はおじさんか……。どうして、そんなふうに呼ばせたがるのだろう？　普通に名前じゃ駄目なの？

「……ジルおじさん？」

遠慮がちにそう呼ぶと、ジルおじさんは嬉しそうに口角を上げた。

まあ、喜んでくれるならなんでもいいや……。

それにしても、兄弟でギルマスをしているなんてすごいな。

ギルマスになるのは大変だと、前にダン爺に聞いたことがある。確か、条件の一つにAランク以上であることがあったはずだ。カイルさんもアルトさんもライくんも、Aランク以上だから忘れがちだが、Aランクになるのはそう簡単ではない。実際、私も三人以外見たことがないからな。

そういえば、ジルおじさんにはどこまで私のことを話したのだろう？　後で確認しておかなきゃ、変なところでボロが出そうだ。

10　――ライ視点――

俺は、国境近くの小さな村で生まれた……らしい。

母親は俺を生んですぐに亡くなり、父親はいなかった。

村での俺は、お荷物だった。小さくて貧しい村に住む人々は、自分が生きていくだけで精一杯。そんな中、生まれたばかりの赤子の世話をしたがる者なんていなかった。しかし、見殺しにするわけにもいかない。村の人たちが順番に、仕方なく俺の世話をしていた。

だが、それが続いたのは三歳までだった。

たまたま村に立ち寄った商人の夫婦に、村の者たちは俺のことを押しつけたのだ。

商人の夫婦は、俺を連れて行くことに決めた。ちょうど、子供ができなくて養子を取るか悩んでいたところだったそうだ。

しかし、俺を養子にするかどうかは、次の町へ着くまでの間、一緒に過ごしてみて決めると言った。俺のことを、自分の子として育てられないと思ったら、孤児院へ連れて行く、と。

村の者にはそんなこと、どうでも良かった。俺が村からいなくなってくれるなら、なんでも良かったのだ。

結果、俺は商人夫婦の息子になることはなく、孤児院へ預けられた。

理由は分かっている。俺が、二人の言葉になんの反応をすることもなく、なんの言葉を発することもなく、ずっと無表情でいたからだ。

その時の俺には、楽しい、嬉しいなどの感情が分からなかった。

毎日、泊まる場所が変わる。そばにいる人が変わる。そして、ほとんどの人には嫌な顔をされる。暴力を振るわれることも、たまにあった。特に子供たちは、自分の親を取られると思っていたのか、みんな俺をいじめてきた。……そんなこと、あるわけがないのに。

その他の人は、俺のことはどうでもいいというふうに、いないように扱っていた。一応、寝る場所と食事は用意してもらえたが、それだけだ。それだけでも、ありがたいと思わなければいけなかったのかもしれない。でも、俺にはそれができなかった。ただ、呆然としているうちに日々が過ぎていった。

そんな環境で育った俺は、笑ったことなど一度もなかった。笑い方すら分からないのだ。

正直、どうでも良かった。夫婦に引き取られるのも、孤児院へ行くのも。

孤児院には、子供がたくさんいた。最初は、新しくやってきた俺に興味があったのか、たくさんの子が寄ってきた。お世話しようとしてくれた女の子たち。一緒に遊んでくれようとした男の子たち。

たくさん話しかけられたが、俺はなんの反応もできなかった。どうしたらいいか分からなかった。

しばらくすると、みんな俺への興味を失った。話しかけてくる子はいなくなった。シスターたちも、俺を持て余しているようだった。

気がついた時には、俺はいじめられる対象になっていた。話しかけられても返事をしない。ニコリともしない。なんの反応も示さない俺がそうなるのは、必然だったのだろう。

俺は、別の孤児院へ移ることになった。大人にも、子供にも、俺の存在は邪魔だったのだ。

それから、何度も同じことを繰り返し、何度も孤児院を移った。

七歳になっても、俺は変わることはなかった。

変わったのは、周囲だった。子供は大きくなるにつれ、頭も良くなるし、力も強くなる。その分、意地も悪くなる。

ある日、俺はリーダー格の子供たちに連れられ、孤児院の裏の山の中に入った。本来、立ち入り禁止となっている場所だ。魔物が出るようなことはないが、足場が悪く、木も生い茂っていて視界が悪い。

少し奥に入ったところで、俺は突然突き飛ばされた。貧弱な俺の体はその衝撃に耐えきれず、倒れ込んだ。何度も蹴られ、殴られ、気を失った。

目が覚めると辺りは暗くなっていて、一緒にいた子たちは誰一人としていなくなっていた。

「もう、いいや」と、漠然と思った。楽しいことなど、一度もなかった。死にたいと思ったことはないが、生きたい理由もなかった。このままここで死ぬのが、俺の運命なんだ。

……そう思った瞬間、俺の視界は黒い影で覆われた。


次に目が覚めた時には、ボロい部屋のボロいベッドの上にいた。

ベッドの脇には、真っ黒な格好をした男がいる。

「目が覚めたか……」

「……」

「お前は、いい目をしている。……暗殺者に向いている」

俺を連れ去ったのは、暗殺者の男だった。自分の技術を継がせる後継を探していたらしい。

たまたま見つけた俺の目が気に入り、連れてきたという。

次の日から、暗殺者の修業が始まった。

剣術、体術、魔術、全てを教わった。俺はただ言われたことをやっていただけだが、どうやら才能があったらしい。教わったことをスルスルと吸収していき、たった三年で彼の技術を全て覚えた。

俺の初めての仕事を探しに行くと言って、暗殺者は山を出た。

……暗殺者は、帰ってこなかった。

二週間が過ぎた頃、男が訪ねてきた。

暗殺者は、その男に捕まったらしい。ずっと、追われていたそうだ。

その男はジルベルトと名乗り、俺を引き取りに来たと言った。

どうやら、暗殺者がこの男に俺のことを話したらしい。「技術はあるが、仕事をしたことはない。戦いの才能がある。冒険者としてもやっていけるだろう」と。俺を暗殺者にすると言って育てた男は、俺を冒険者の男に託したらしい。三年一緒に過ごすうちに、情でも湧いたのだろうか。

俺はAランク冒険者の弟子として、その男に引き取られることになった。

そのまま冒険者になり、仕事をこなすうちにいつの間にかAランクになって、カイルとアルトの仲間になっていた。流されるままに、生きていた。

そして、チナに出会った。

小さくて、強いけど弱い女の子。俺とは反対に、感情が大きく動いて、そのほとんどが表に出る。チナの笑顔からは元気が貰える。チナの泣き顔は胸が痛くなる。気づけば俺は、チナから目が離せなくなっていた。

チナと出会ってからの俺は、見違えるように変わった。

チナが可愛くて、仕方がなかった。この子を守りたいと、初めて自分から何かを求めた。

チナと過ごして、初めて気がついた。俺は、寂しかったんだと。親がいなくて、頼れる人もいなくて、人に甘えることなどできなくて……。暗殺者と出会った時、俺はホッとしていたんだと今さらながらに気がついた。俺だけを見てくれる人が現れたことに。

暗殺者がいなくなった時、悲しくて、寂しくて、辛かったことに気がついた。見ず知らずの男についていくほど、自暴自棄になっていたんだと。

俺には、チナが眩しかった。

素直に泣いて、素直に甘えて、まっすぐにこちらを見てくる目が、眩しかった。

それと同時に、ひどく心配になった。きっとこの子は、怖いものを何も知らない。世の中の暗さや怖さを分かっていない。何も知らない、無知な子なんだと思った。

だから、守りたくなった。ずっと隣で見守っていたいと思った。正直、なんでここまで惹《ひ》かれるのかは分からない。でも、そんなことはどうでもいい。ただ、チナのそばにいたかった。一番近くにいたかった。

自分一人だったらきっと、そんなこと俺にはできないと諦めていただろう。でも、カイルもアルトもいる。ギルマスが二人もついている。俺には、俺を見てくれる人が、こんなにもいる。そのことに気がつけたのも、チナのおかげだ。

俺は、これからも一番近くでチナを守っていきたいと願った。

11

ジルおじさんには「ルテール森林で拾った私を保護した」「魔法の才能があったため、旅をしながら修業をしている」と説明したらしい。ダン爺の特殊依頼に関しては、存在は知っているが詳しいことは何も知らないらしく、カイルさんたちが町を離れていても怪しまれることはない、ということだった。

詳しくは聞いていないが、どうやら、ライくんはジルおじさんに、カイルさんはダン爺に保護され、育てられていたらしい。それを聞いて、ダン爺のカイルさんに対するあの態度にも納得がいった。いくらカイルさんが否定しても、自分の子だと譲らなかったからな。

カイルさんもライくんも子供の頃に保護されていたことから、三人が私を保護したことについてジルおじさんは不自然だとは思わなかったそうだ。むしろ、自分の育てた子が、自分と同じようなことをしているのが誇らしいと言っていた。

リッテン町での滞在は、五日間だった。その間に、ジルおじさんから子供の頃のライくんやカイルさんの話をたくさん聞いた。

ライくんは、静かで感情が表に出ない子だったという。今でもあまり変わらないが、昔よりかは段違いに良くなったそうだ。

カイルさんは、やんちゃで年中反抗期のような性格だったらしい。とにかく大人に反発して、暴れ回り、問題もたくさん起こしていたという。

二人の昔の話を聞くのは楽しかった。アルトさんもあまり聞いたことがなかったようで、楽しそうにジルおじさんに質問したりしていた。

◇◇◇

再び旅に出る準備を整えた私たちは、名残惜しい気持ちを抱え、リッテン町を出る。

また、荒れた道を歩き続ける日々が始まる。

久しぶりに町の外に出ると、また新鮮な気持ちで歩き進めることができた。

正直、またゴブリンに遭遇するのが怖い。みんなが守ってくれると分かっていても。

ただやっぱり、いつまでも守ってもらうばかりなのは嫌だ。私は私なりに、その恐怖心を克服できるように頑張ろう。

◇◇◇

リッテン町を出て数日が経った。

昨日は小さな村に立ち寄ったのだが、宿で一晩過ごし、干し肉を買ってすぐに村を出た。

やっぱり村と町はかなり違う。まず、村には門や壁がないし、兵士もいない。村の入り口には、冒険者のような格好をした人が立っていて、自分の名前、職業、村に来た目的を話すだけで中に入れた。

そして、村にあるのは小さな宿と肉屋、八百屋くらい。毎日必要になる食料以外のものは、たまにやってくる行商人から買うか、自分たちで作るのが普通だそうだ。

娯楽の少ないこの世界では、たまにやってくる旅人から話を聞くのが楽しみになっているらしい。この村にも、数は少ないが子供がいた。私も子供たちに囲まれ、ここに来るまでの話をせがまれた。

「ねえねえ、あなたはここよりおおきなまちにいたんでしょ？　どんなところなの？」

「わたしがいたのはルテールまちってところだよ。まちはかべにかこまれてて、なかにはいるにはもんのところでへいしさんにみぶんしょうをみせるの」

「みぶんしょうって？」

「……これ。ギルドカードっていうの。わたしはぼうけんしゃだから、これはぼうけんしゃギルドのカード」

「へぇ～。……みぶんしょうをもってないひとはまちにははいれないの？」

「はいれるよ。おかねをはらって、はんざいしゃじゃないかどうかをしらべて、だいじょうぶだったらはいれるよ」

「へいしさんって、こわくない……？」

子供たちの勢いはすごく、私は質問攻めに遭って少し疲れた。この世界で子供と接するのは、ほぼ初めてだった。町にも子供はいたが、村の人よりも警戒心が強いためか、いきなりこんなに近づいてくることはない。特に私は冒険者だったし、そばにはずっとカイルさんたちがいたから、余計に近づきにくかったこともあるだろう。

近くで子供たちを見てみると、私は全然子供のフリができてなかったなと分かる。頑張って子供になりきろうとしていた頃が懐かしい。次に子供のフリをする機会が来たら、ここの子たちを参考にしてみよう。

◇◇◇

夜も更けてきて、村の人は家に帰り、私たちは宿の部屋に戻る。

私は子供の相手で疲れきっていて、ベッドに入るとすぐに眠ってしまった。

次の日の朝、私たちは村長に挨拶をして村を出る。

やっぱり、野宿をした日とベッドで眠った日とでは、疲れの取れ具合が全然違う。朝からスッキリした気分で出発できるのは気持ちがいいものだ。

ルンルン気分で歩いていた私は、突然草むらから飛び出してきたものに驚き、尻餅をついた。

気分が良くて油断していた？　……いや、索敵は問題なく常時発動している。現に今もカイルさんたちの魔力は反応を示しているし、目の前の魔物も……あれ、反応がない？

どういうことだ？　反応がない生き物なんて今までいなかった。索敵の故障？　いや、魔法の失敗ならまだしも、スキルにそんなことはあるはずがない。じゃあ、この生き物は……？

魔力を探ることにいっぱいいっぱいになっていた頭を落ち着かせ、目の前に飛び出してきたものを見る。そこにいたのは……なんと、スライムだった！

「スライムだ！　はじめてみた！」

私はサッと立ち上がり、それをよく観察する。

半透明の青色。ぷるぷるとした球体の中に、丸い核のようなものが一つある。目や口はないが、なんだか見つめられているような視線を感じた。

「そうか、スライムを見るのも初めてだったか。……こいつは平気なのか？」

ゴブリンを見て取り乱してしまったことが、かなり頭に残っているらしい。カイルさんの方が不安そうな顔をしている。

私は笑顔を向けて言った。

「うん、だいじょうぶ。スライムはかわいい」

「か、可愛い……？　チナの感覚はよく分からんな」

なんと……！　この可愛さが分からないなんて……！　このポテッとしたフォルム。プルプルと揺れる体。風に吹かれただけでコロンと転がっちゃう、か弱さ。……どの角度から見ても可愛いとしか言えない!!

「そんなにスライムに興味を持つやつは初めて見たな……」

「だって、スライムといえば、いせかいのていばんだよ!?　さいじゃくのまものでゆうめいなんだよ!?　ぎゃくになんでいままでわすれてたんだろうってくらいだよ!?」

若干引いている三人は放置して、私はくまなくスライムを観察した。

「ねえ……これって、さわってもだいじょうぶ……？」

「問題ないが……チナ……？」

私はじわじわとスライムに近づき、人差し指でそっとつついてみた。

「……ふおぉぉぉぉお!!」

ほど良い抵抗感。意外と弾力のあるそれに、私は夢中になる。ギュッと押し込むと、核は反対側に逃げ、触れることはできない。

そっと両手で抱き上げてみると、ひんやりとした表面が気持ちいい。重さは大人の猫くらいで、ほど良い重みが腕に乗る。地味にプルプルと揺れているのが伝わってきて心地いい。

しばらくスライムを堪能していると、なんだか冷たい視線を感じた。振り返ると、ミカンがスライムを睨みつけている。……ジェラシー？

周りを見ると、ドン引きのカイルさん、苦笑しているアルトさん、暇になって薬草採取を始めているライくん。どうやらスライムに夢中になりすぎたようだ。

「ごめん、われをわすれてた」

「お、おう。満足したか？」

「うん。ありがと。……このこはどうしたらいい？　たおすの？」

「いや、倒さなくていい。草むらに帰してやれ」

そっと草むらに下ろすと、スライムは少し大きめにプルプルと震えた後、帰っていった。

「チナ、そろそろ行くぞ」

名残惜しくて草むらを見つめていると、ライくんに抱き上げられ強制連行される。

「ああ、わたしのスライム……。またあおうね……」

そのまましばらくスライムへ思いを馳せていたが、だんだんと落ち着いてきたので、ライくんに下ろしてもらって自分で歩き出した。

「ねえ、スライムってまりょくないの？」

「ああ、ないな。索敵に引っかからなかっただろ？」

「うん。……まりょくのないいきものもいるんだね。スライムってまりょくはないけど、まものにぶんるいされるの？」

「そうだな。……虫や動物にも魔力はないが、スライムは……一応魔物に入る、か？」

どうやらスライムは分かっていないことが多くて、今は「とりあえず魔物と言っておくか」という感じの曖昧な扱いらしい。今のところ、生き物に危害を与えるような個体は確認されていないため、放置されているようだ。

そしてなんと！　この世界には普通の動物もいるようだ！　今まで食べてきたのは魔物肉ばかりだったけど、牛や豚や鶏も食べられるのかな？　魔物肉でも十分美味しいけど、久しぶりに普通のお肉も食べたい……。

「まあ、動物は食用も愛玩《あいがん》用も貴族しか目にしないだろうけどな。王都だったらどこかで見れるか……？」

王都か……。さらに王都が楽しみになってきた。私はより一層張り切って、道を進み続けた。

◇◇◇

たまに村や町に立ち寄りながら、私たちは順調に王都へ向かっていた。

道中、出てくる魔物のほとんどは私が倒したが、たまに出てきたゴブリンはみんなに任せて、私は後ろで震えていた。ゴブリンに慣れる日は来るのだろうか……。正直、いつまで経っても自分で倒せる気がしない……。

スライムにも何度か遭遇した。あれは何度見ても可愛い。スライムを見つける度、喜んで飛びつく私にみんな呆れていたけど、何も言わずに見守っていてくれたのには感謝しかない。スライムは、ゴブリンで荒れた心を癒やしてくれる、素晴らしい存在なのだ。


そんなこんなで、私たちはようやく王都の前まで辿り着いた。

王都に近づくにつれ大きくなっていく町に興奮していたが、王都はやっぱり他の町と比べ物にならなそうだ。門の大きさからして違う。ルテール町の門の十倍はあるのではないだろうか？

門の横に続く壁も、高さがあって頑丈そうで、上の方にはトゲトゲしたものがびっしりとついているので、不正に入ることはできなさそうだ。

私たちは今、中に入るための列に並んでいるのだけど、その列もさすが王都としか言いようがない。なんと、五列もあるのだ。商人用二列、旅人用二列、冒険者用一列。貴族の出入り口は他の場所にあるらしい。私たちは旅人用の列に並んでいた。

「ぼうけんしゃようのれつのほうが、みじかいけど、そっちじゃだめなの？」

「そっちは王都で活動している冒険者用の列なんだ。中に入る時に、王都のギルドで受けた依頼書を出さないといけないから、そっちでは俺たちは入れないんだよ」

「ああ、なるほど」

そんなことを教えてもらいながら列が進むのを待っていると、前に並んでいた二人組が振り返った。

「ちっこいの、王都は初めてか？」

突然話しかけられたことに驚く。それに、ちっこいのって……。

「こら、デン‼　……急にごめんね」

「あ、いえ。だいじょぶです」

謝ってくれたのは、スレンダーでサラサラの水色の髪が綺麗なお姉さん。最初に話しかけてきたのは、ツンツンした焦げ茶の短髪のやんちゃそうなお兄さんだ。二人とも、アルトさんと同じくらいの歳に見える。

「私はジア、こいつはデン。幼馴染で、一緒に冒険者をやってるの。王都にはよく来るから、分からないことがあったら聞いてね」

「チナです。おうとには、はじめてきました。よろしくおねがいします」

私に続いて三人も自己紹介する。お互い印象は悪くなさそうだ。

「カイル、アルト、ライ……か。どこかで聞いたことがあるような気がするんだが、気のせいか？」

デンさんが何か考え込んでいる横で、ジアさんが私の前にしゃがみ込み、小声で話しかけてくる。

「いきなりごめんね。チナちゃんは、この人たちとどういう関係？　何か困ってたりする？」

心配そうに眉尻を下げたジアさんに、私はキョトンとする。困ってること……？

「さんにんはわたしのほごしゃだよ？　ひとりぼっちでいくところがなかったわたしを、ひろってくれたの。こまってることはないよ？」

ジアさんは一瞬、困ったような表情をしてすぐにそれを隠す。

「そっか。突然ごめんね。何もないならいいんだ」

「……心配だったらルテール町とリッテン町のギルマスに確認してもらっていいぞ」

突然後ろから聞こえたカイルさんの声に、ジアさんはビクッと肩を震わせて気まずそうに視線を逸らす。

……なるほど、そういうことか。

私はフフッと笑って言った。

「だいじょうぶだよ。カイルさん、かおはすこしこわいけど、すっごくやさしいひとだから！」

「誰の顔が怖いって？」

目をすがめたカイルさんに頭をグリグリされる。さほど痛くないそれに、私はなんだかおかしくなって声を上げて笑った。

私は全然平気だと伝えるように、笑顔でジアさんを見上げる。目が合ったジアさんは、少し気まずそうに笑った。

その後、打ち解けたジアさんとデンさんに王都のことを教えてもらった。

カイルさんたちも知っていそうなことだったけど、たまには他の人と交流するのも大切だろう。

王都は扇状になっていて、外から順に平民街、中間街、貴族街、そしてその先に王城がある。そして、その後ろには山脈が連なっており、人はほとんど住んでいない。

それぞれの区域は門で仕切られており、平民街に貴族が、貴族街に平民が入ることは基本的にできないらしい。平民街に視察に来る貴族や、貴族に招待された平民など、一部例外はあるらしいが、基本は不可能だ。

中間街は貴族も平民も入り交じる。もちろん警備は厳重で、誰でも入れるわけではない。中間街には下位貴族や裕福な商人などが利用する、少し高級な店が多く存在する。まあ、いずれにせよ一般庶民には縁のない場所だ。

そのような説明をしてもらった後、デンさんが平民街のガイドブックをくれた。自分たちにはもう必要ないからと、譲ってくれたのだ。これにはカイルさんたちも興味津々だ。どうやら、観光目的で王都に来たことはなかったらしい。

みんなでガイドブックを覗き込んでいる間に、日が暮れてきた。今日中に王都に入ることはできなさそうだ。まさか、列に並びながら一晩過ごすことになるとは思わなかった。

いつもの野営と同じように準備した夕食を食べ、私たちは眠りにつく。私は、ジアさんとミカンに挟まれてぬくぬくだった。

◇◇◇

翌朝、鐘の音とともに門が開く。私たちが王都に入れたのは、それから数時間後のことだった。

門を越えた先は、今まで立ち寄ってきた町とは比べ物にならないほど人が多かった。混雑を避けるため、ここにはお店や観光地はほとんどないらしい。つまり、これでも人が少ない方だということだ。

ジアさんたちとは、門に入ってすぐのところで別れた。おすすめの宿やお店なんかを教えてくれて、すごくありがたかった。もし次会えることがあれば、今度は私が二人に何かしたいなと思う。二人も冒険者だし、そのうちどこかで会えるだろうと言っていたけど、ほんとに会えたら嬉しいな。

教えてもらった宿は、少し高めだが綺麗でごはんも美味しいところだという。そしてなんと、お風呂があるそうだ！　野営続きで汚れた体をようやく綺麗にできる！　さすが女性がおすすめする宿。こういう情報を教えてくれるのはありがたすぎる。

正直、今すぐに王都観光をしたい気持ちもあるのだが、まずは疲れを癒やしたい思いの方が大きい。みんなも、魔物だらけの森の中より、人が多い場所で野宿するのは気が張るようで、あまり眠っていないと言っていた。少し、疲れが見える。私たちは足早に宿へ向かった。

順番にお風呂に入り、気づいた時にはみんな眠ってしまっていたようだ。起きたのは昼過ぎで、もうすぐで日が暮れ始めるという頃。

私が起きた時に起きていたのは、ミカンだけだった。みんなを起こすのは悪いし、私はデンさんに貰ったガイドブックを眺めながら、みんなが起きてくるのを待つことにした。

ボーッとガイドブックを眺めていると、ミカンが膝に飛び乗ってきて、ガイドブックを覗き込む。

「ミカンはどこか、いきたいところ、ある？」

「そうですわね……。私は、甘いものが気になりますわ。ここでしか食べられないスイーツとかあるのかしら？」

「わたしもスイーツはきになってた。おうとって、いろんなものがあつめられるイメージだから、たべたことのないものは、たくさんあるとおもう。……たのしみだね」

小声でミカンと相談し合っていると、アルトさんが起きてくる。

「……チナちゃんとミカンか。……もう起きてたんだね」

「アルトさんもおきたんだ。わたしはなんだかワクワクしてめがさめちゃったの」

まだ眠たそうなアルトさんにお茶を出して、今度は三人でどこに行くか相談し合う。観光目的では王都に来たことがなかった三人も、実は観光を楽しみにしていたそうだ。アルトさんも、キラキラとした目でガイドブックを見つめていた。

話し合っているうちにようやく目が覚めてきたアルトさんは、カイルさんとライくんを起こしに

行く。カイルさんはほっといても起きてきそうだけど、ライくんは絶対に起きてこないからね……。

「カイル～、ライ～、起きるよ～！　ほら、ライ、チナちゃんが待ってるぞ～！」

ライくんはもぞもぞと布団に潜り込み、やっぱり起きてくる気配がない。するとアルトさんは突然、ガバッとライくんの布団をめくり上げ、その布団をカイルさんの上に重ね始めた。

「こうすれば、そのうち二人とも起きてくるでしょ」

……なんという力技。確かにライくんはお布団大好きだから、それがなくなれば起きてきそう。それに対してカイルさんは、ほっといても起きてきそうなのに……完全にとばっちりを食らってるな。ドンマイ、カイルさん。

「……ううっ……重い、暑い……………」

それからすぐに、カイルさんが起きてきた。眉間《みけん》にシワを寄せて不快そうな顔をしている……そりゃそうだ。

「おはよ、カイルさん」

「……ああ、おはよ」

顔を洗いに洗面所に行ったカイルさんを横目に、ライくんを覗き込む。ライくんの手は、布団を探して彷徨《さまよ》っていた。あれに捕まれば、私はそのまま引き込まれてしまう。私は学習する女。二度、同じ過ちは犯さない……。

なんてことを考えながらかっこつけていたのが良くなかった。私はあっさりとライくんに引き込まれてしまう。

「グェッ……」

「……あぁ、チナちゃん……」

そんな哀れみの目で見てないで、早く助けてくれませんか？　という思いを込めて、アルトさんを見上げる。アルトさんはすぐにその思いに応えてくれた。さすがだ。

「こら、ライ。またチナちゃんを潰す気なの？」

そう言いながらライくんの腕をほどく。救出された私は、ライくんのおでこに軽くチョップを入れておいた。……どうやら、その衝撃で目が覚めたようだ。

「……ライくん。おはよ」

ジト目でそう言うと、半開きの目で不思議そうな顔をしたライくんが、ようやく起き上がった。

◇◇◇

準備を整え宿を出ると、真っ赤な夕日が沈みかけていた。

「少し早いが、晩ごはんにしようか。どこか、いい店はあるかな？」

それならば、と私は一つの店を提案する。初めにガイドブックを見た時から目をつけていた店だ。

地図を見ながら街中を進んでいく。中心部から離れた場所であるにもかかわらず、どこもかしこも賑わっていて、さすが王都、としか言いようがない。

しばらく街を眺めながら歩いていると、他とは少し違った雰囲気の建物が立ち並ぶ区画に入った。

「ああ、懐かしいな。ここは東国の街並みが再現されているのか……」

カイルさんが東国の街並みと言ったここは、日本の古い建物にそっくりなものが立ち並ぶ「東国通り」と言われる場所だった。

「……なつかしい」

私は思わず涙ぐみ、そう呟く。

前世、私が住んでいたのは都会で、時代を感じるような町並みを普段見るようなことはなかったが、それでもやっぱり懐かしいと感じる。この世界に来てまだ一年しか経っていないというのに、涙ぐんでしまうほどとは……。私は思っていたよりも日本が好きだったんだなと感じた。

「チナの故郷は、こんな感じだったのか？」

カイルさんの質問に苦笑しながら答える。

「せいかくには、むかしのこきょう、だね。わたしがうまれたのは、これより、はってんしたじだいだよ。……でも、なつかしい」

「そうか……。いつか、東国にも行こうな」

東国というのは、ここから東に行ったところにある小さな島国だそうだ。独特の文化や技術があって、他のどの国とも違っている素敵な国だという。

ここは、東国の雰囲気がかなり正確に再現されているそうだ。この雰囲気が国中に広がっていると考えると、行くのがすごく楽しみになってくる。

「……うん。行ってみたい」


東国の町並みをゆっくり観察しながら歩いていると、ついに目的地に到着した。

白い壁に瓦屋根。玄関まで続く飛び石。いかにも日本家屋といった平屋が、そこには建っていた。

ここは、和食が食べられる料亭だ。

暖簾《のれん》をくぐった先の玄関では、着物のような服を着た女将《おかみ》が出迎えてくれる。

「ようこそお越しくださいました。ご案内します。どうぞ」

靴を脱ぎ、建物内に入る。カイルさんたちは靴を脱いで歩くことに慣れていないからか、少し居心地が悪そうだ。女将について、縁側を通る。日本庭園のような素敵な庭を眺めながら案内されたのは、掘りごたつのある部屋だった。

畳の香りが懐かしい。おばあちゃんの家を思い出す。

掘りごたつなのはこの国の人たちに合わせているのかな？　床に座る文化はないからね。

「ご注文がお決まりになりましたら、ベルでお呼びください」

女将は、呼び鈴を置いて部屋を出ていった。

「……この机、いいな。前に東国に行った時はこんな穴空いていなかったから、足や腰が痛くなって大変だったんだ」

「床に座るなんて、この国じゃ考えられないもんね。足を下ろしてないと落ち着かないよ。……それにしても、この床、草が編まれてできてるの？　すごいな……」

東国に行ったことがあるのはカイルさんだけのようだ。アルトさんは畳を観察しながら何やらブツブツと呟いている。

……畳があると滑って遊びたくなるのは、子供の好奇心からだろうか。私は必死にその気持ちを抑え、メニューを読む。

メニューには絵と解説がついていて、どんな料理か分かりやすかった。

私の横から顔を出したミカンも興味津々の様子だ。ミカンに一人前は多すぎるから、私の分を少し分けてあげよう。

「……チナ。……決まった？」

部屋に入ってすぐにメニューを眺めていたライくんに尋ねられ、私は初めから目をつけていたそれを指差す。

「これにする。これがたべたくてここにきたの」

私が選んだのは天ぷらだ。新鮮な食材をサックサクの衣で包み、シンプルに塩で楽しむ。でも……。

「こっちもきになってきちゃった。……どうしよう」

隣のページに載っていたうどんに目移りする。私は麺類がとても好きなのだ。自分で作れないこともないけど、やっぱりお店で食べるものには敵わない。……迷う。

「……じゃあ、俺がこっちにする。……どうせチナじゃ、一人前も食べきれない」

なんと、ライくんがうどんにしてくれるという。確かに、天ぷらにしてもうどんにしても、一人前を食べきれる気はしないけど……。

「いいの？　ライくんがたべたいのじゃなくて」

「……俺も、これ、食べたかったから……分けっこしよう」
ラ、ライくん……！　優しすぎる……！
「決まったか？　じゃあ、ベル鳴らすぞ」

私は素早くカイルさんの手からベルを奪い取り、鳴らした。

「…………チナ？」

「……ハッ！　いけない、こどもごころがおさえきれなかった。……こどもって、こういうのやりたがるじゃん？　アハハ……」

カイルさんの呆れた視線と、アルトさんの生温かい視線が突き刺さる。いたたまれない……。

注文を済ませ、私は改めて部屋を見回す。

畳、障子《しょうじ》、掘りごたつ。窓を開ければ、すぐそこには小さな庭がある。砂利《じゃり》が敷き詰められ、飛び石を渡った先には小さな池。錦鯉のような、鮮やかな色の魚が二匹、優雅に泳いでいた。

庭は竹の柵で囲われているため、隣の部屋からも外からも中の様子は見えない。

足元を見れば、庭に出やすいように設置された高さのある石の上に、下駄のような履物が置かれていた。さすがに大人用のものしかなかったが、私はそれを履いて庭に出る。

飛び石を渡って池を覗き込むと、魚が近くまで寄ってきた。

「……かわいい」

私が前世、住んでいた場所の近くの公園には大きな池があった。かなりの数の鯉がいて、餌をまくとみんな集まってきて口をパクパクとさせるのだ。

大量に集まるとさすがに気持ち悪いが、二匹だけだと可愛く見える。

夢中になって優雅に泳ぐ魚を観察していると、後ろから声がかかり、おなかからぐっと引かれた。

「チナ、そんなに覗き込んでると落ちるぞ」

カイルさんが後ろから支えてくれたようだ。確かに大人用の下駄はかなり歩きにくかったし、危なかったかもしれない。

「ありがと」

振り返ってカイルさんの顔を見ると、その目は池の魚に向いていた。

「コルプか。大量に集まってると気持ち悪いけど、こうやって見ると綺麗だな」

どうやらこの魚はコルプというらしい。そして、カイルさんも見たことがあるのか、大量に集まるコルプ。

「東国にはこの魚がそこら中にいてな。大きな池で餌をまくと大量に集まってくるんだよ。それはもう、池から飛び出すんじゃないかってくらいに……」

「うん、しってる。わたしのこきょうにもにたさかないたから。よくみてたよ、そのこうけい」

二人して遠い目をしてしまう。

そんなふうに昔のことを思い出していたら、ふとある光景が思い浮かんだ。

「カイルさん、ゆかたとかにあいそうだね」

お祭りの金魚すくいを思い出したのだ。二人で並んで池を覗き込んでいると、浴衣を着て金魚すくいをしている光景が思い浮かぶ。鯉と金魚じゃ、魚の規模がかなり違うけどね。

「ゆかた？」

「そう。あのおかみさんがエプロンのしたにきてたふくの、もっとうすくてかんたん？　にきれるかんじのふく」

女将さんが着てたのは着物だし、その上から割烹着《かっぽうぎ》みたいなのも着てたから分かりづらいけど、今の私にはその伝え方しかできなかった。

「……ああ、東国の人たちが着てたような服か。そうだな、一度は着てみたいな」

カイルさんが思い浮かべているのがどんな服なのかは分からないけど、たぶん浴衣に似た服だよね？　東国の服って言ってたし。

黒髪黒目のカイルさんを見ると、やっぱり日本を思い出す。特にこんな和風の建物の中にいると、ここが日本だと錯覚してしまいそうだ。

部屋を見ると、アルトさんは興味深そうに部屋の中を見て回り、ライくんはやっぱりメニューに夢中だった。ミカンは猫のように丸くなっている。

和室に金髪のアルトさん……観光に来た外国人のようだ。

二人にも和服を着せた姿を想像してみる。……うん。いい。服の上からだと分かりにくいが、みんないい体格をしているのだ。少し、はだけさせたりしたら………。

これ以上は考えてはいけない、と私の良心が叫んでいる。そもそも今の私は幼女。幼女はこんなこと考えたりしない。頭を振って思考を切り替える。

とりあえず、東国に行ったらみんなで和服を着よう。これは決定事項だ。拒否権はない。それがいつになるのかは分からないが、今からすごく楽しみだ。

少しぼんやりとしていると風が出てきた。気持ちのいい風だが、少し肌寒い。

「そろそろ中へ戻るか。風邪ひくぞ」

カイルさんに促され、部屋に戻る。手を繋いでもらい、飛び石を跳ねながら戻った。少し転びそうになったが、さすがはカイルさん。素晴らしい反射神経で支えてくれる。

「ほら、遊んでると怪我するぞ」

「えへへ、ごめんなさーい」

なんだか楽しくなってきた。この懐かしい空気がそうさせるのだろうか？　童心に返った気分だ。………元から子供っぽい、などの反論は受け付けない。

部屋の中に入ったところで、外から人が近づいてくる気配を感じる。おそらく食事が運ばれてきたのだろう。みんなも気づいたようで、静かに席に着く。

ワクワクが抑えきれず、体が動いてしまうのは許してほしい。……ほら、私、子供だから。

目の前に並べられる食事に、私は目を輝かせる。

薄い黄色の衣を纏った食材たち。ツヤツヤで一粒一粒が立っている白米。食欲をそそる香りを放つお味噌汁。お漬物におひたしなどの小鉢も添えられ、目でも楽しめる彩り豊かな天ぷら定食。

異世界に来ても、ここまで和食らしい食事を楽しめるなんて、私はなんて運がいいんだろうか。

「おいしそう………」

よだれが垂れそうなほど目の前の料理に釘付けな私は、その姿をみんなに見られて笑われているなんて、一切気がついていなかった。

「チナ、飢えた獣みたいになってるぞ」

「だって、こんなの、がまんできない……‼」

「ふふっ。じゃあ、食べようか」

「「「「いただきます！」」」」

フォークやナイフも用意されていたが、私は迷わずお箸でエビの天ぷらを掴む。

まずは素材の味を楽しみたい派の私は、何もつけずに一口。

「ん～～～～!!」

軽くてサクサクした衣に包まれたプリプリのエビ。ほんのり甘くて優しい味わい。……幸せだ。

次は天つゆをつけて一口。少ししっとりした衣に天つゆが染みて、こちらもやはり美味しい。

最後は塩。塩のしょっぱさがエビの甘さを引き立て、これまた最高だ。

私の一押しは塩だけど、どの食べ方も最高に美味しい。ごはんが進む。

お味噌汁や小鉢もつまみながら一通り食べると、少し落ち着く。

あまりの美味しさに周りが全く見えていなかった。そういえば、ミカンとライくんの分も分けなきゃいけないんだったと気づき顔を上げると、みんなに見られていた。

「チナ、美味いか?」

「う、うん。すごくおいしい」

「良かったな」

用意してもらっていた取り皿にミカンとライくんの分を分けていると、そのライくんから声がかかる。

「……チナ。……それも食べてみたい」

ライくんが指さしたのは、たくあんだ。真っ黄色なそれに興味を持ったらしい。久しぶりに食べたたくあんは面白い食感で楽しかったが、元々あまり好きではなかったのでそれも分ける。

ミカンはいつの間にか、みんなからも少しずつ分けてもらっていたらしい。すでに口の周りがベトベトになっている。いつも上品に食べているのに、こんなに汚すなんて珍しい……よっぽど美味しかったのかな？　和食がミカンの口にも合ったようで嬉しい。

ライくんのうどん、カイルさんのすき焼き、アルトさんの生姜《しょうが》焼き。うどんも肉うどんなので見事に茶色いものばかりだ。

アルトさんは私が前に作った生姜焼きをとても気に入り、今や大好物となっている。私がこの世界の食材で頑張って再現した生姜焼きもどきより、見た目も香りも良いお店の生姜焼きは、アルトさんのお気に入りを更新しそうだ。

そんなことを思っていると、ライくんからうどんを差し出された。

「ありがと」

卵が絡んだ肉うどん。実は、前世で何度かうどんを作ったことがあるのだが、もちもちでコシのあるうどんはうまく作れなかったのだ。この世界で作っても、あまり良い出来にはならないだろうと思っていたのに、ここでそのうどんが食べられるなんて……！　と感動とともに一口食べる。

コシのある太めのうどんに、卵でまろやかになったお肉が絡んでいる。濃いめの味付けがうどんと合わさると、ちょうど良くて美味しい。控えめに言って最高だ。ここは天国か……？

存分に和食を堪能した私は、おなかもいっぱいになって大満足していた。

もっと食べたいものはたくさんある。ライくんもアルトさんも和食の魅力に気づいて、また来たいと言ってくれた。和食を食べたことがあるカイルさんも、私がお箸を使っている様子を見て自分も使いたいと思ったようだ。必ずまた来ようと約束をして、お店を出た。

おなかがいっぱいになったことと、興奮して疲れたのか、私の眠気はピークまで来ていた。自分で歩きたかったが、もう無理そうだ。ライくんの服の裾を引っ張って、両手を広げる。

意味を察して抱っこしてくれたライくんに身を預け、私はそのまま眠ってしまった。

夢の中では、たくあんを気に入り、ポリポリと音を鳴らしながら無限に食べ続けるライくんがいた……。

12

王都付近の神獣が守る地。これは、ルテール森林ほどはっきりした情報はない。

ただ、王都の近くには不思議な火山があるそうなのだ。そこは、「不可侵の地」「火の鳥の住処」などと言われている。

その火山について情報収集して、集まった情報をまとめるとこうだ。

一つ。その火山には何人《なんぴと》たりとも足を踏み入れることはできない。

火山の周囲には結界のようなものがぐるりと一周張り巡らされており、そこから先には髪の毛一本だって通すことはないという。国中の魔法使いが集まり、魔法で総攻撃を加えても全く手応えはなく、国中の力自慢が集まって一斉に物理攻撃を与えても、びくともしない。傷の一つだってつけることはできない。これが結界なのか、どういった原理でできているのか、何年も何百年も研究されてきたが、一切不明だという。

二つ。火山が噴火しても、被害は一切ない。

火山は約百年に一度の頻度で噴火するという。しかし、溢れ出た溶岩、飛び出してきた火山弾、火山灰や火山ガスなどが、火山の外に飛び出してきたことはない。軽い地鳴りが起こるだけだという。火山のすぐそばだというのに、町や王都が存在しているのはこのおかげだと言える。

普通、結界というものは外から内への干渉は不可能だが、内から外への干渉は可能なのだ。しかし、この火山を囲う結界のようなものは内から外への干渉も不可能としている。この時点で普通の結界ではないと分かるのだが、逆に言えばこの結界のようなものに関して分かっていることは、これだけなのだ。

三つ。火山が噴火する合図は、火の鳥。

約百年に一度噴火する火山だが、噴火する直前には必ず火の鳥が現れるという。

しかしこれは都市伝説のようなもので、はっきりとした資料などは残っていないのだ。

火の鳥は、突然火山の上空に現れ、次の瞬間にはいなくなっているのだ。そもそもの目撃者がほとんどいない。しかし人々は、火の鳥の存在を面白おかしく語り継いでいる。ある人は「幸運の象徴」と、またある人は「悪魔の使い」と。噴火を教えてくれるありがたい存在と取るか、噴火を引き起こしている邪悪な存在と取るか。実際、どちらなのか。そもそも「火の鳥」なんてものは存在しているのか。それを知る者はいない。

確実にここは神獣の守る地、というような情報を得ることはできなかった。

しかし、この情報にはルテール森林の神獣が守る地と似たような箇所もあるのだ。

火山に入ることができないよう張り巡らされた何か。ルテール森林では、その地に辿り着けないように入り口に戻される結界だったが、立ち入ることのできない場所、という意味では同じと言える。

そして、火の鳥。火の鳥と言われて最初に思い浮かぶのはフェニックスだろう。火の精霊王様が生み出した神獣、フェニックス。この世界のフェニックスが前世のものと同じなのであれば、それは「不死鳥」とも呼ばれる。

不死鳥とはいっても、不死なわけではない。記憶を持ったまま、生まれ変わりを繰り返しているのだ。

そして、不死鳥は火の中から生まれる。土の神獣であるミカンは、約百年に一度代替わりをしていると言っていた。約百年に一度、噴火する火山。そこに現れる火の鳥。火の中から生まれる不死鳥。私の予想が正しければ、噴火は代替わりの合図のようなものだと考えられる。マグマの中から生まれたフェニックスが外へと飛び出し、それが合図となって噴火が起こる。

この火山が神獣の守る地だと考えれば、納得の行くことばかりだ。謎の結界も、火の鳥の存在も……。

これればかりは実際に行ってみないと何も分からない。そこが神獣の守る地であっても、すんなりと中に入れるかも分からない。

何か知らないかミカンに聞いてみても、ミカンが知っているのは精霊姫と自分たちのことだけだという。さすがに他の神獣がどこでどのように過ごしているかなどは、知らないらしい。神獣の守る地は、それぞれの神獣と精霊姫だけの思い出の地でもあるので、知らなくても仕方がないだろう。

王都から火山までは、歩きでもその日のうちに辿り着く。朝王都を出れば、夕方には着くほどの距離だ。

急ぐ旅ではないが、一度気になり出すとしばらく頭から離れない質《たち》である私の希望で、明日には王都を出ることにした。まだ満足に王都観光ができたわけではないが、火山を調べた後にまた戻ってきてもいいのだ。

それに、火山のすぐそばにあるという観光地も気になる。遠めから見ても、大きく美しい形をした火山をすぐそばから見上げると、どれだけの迫力があるのか。食べ歩きや、お土産屋などを覗くのも楽しみだ。

ワクワクとドキドキに胸を高鳴らせながら、私は慌ただしく旅支度を進めていた。

◇◇◇

翌朝、私たちは平民街の東門へやってきた。火山へ行くにはここから王都を出るのが一番早いらしい。

早朝だというのに、門の付近はすでに賑わっていた。冒険者たちは朝早くから外に出る人が多いようだ。人に流されないようライくんに抱っこしてもらうと、遠くの方に見覚えのある後ろ姿が見える。

あれは……ジアさんとデンさん？

ライくんにお願いして、二人のもとに近づく。

「ジアさん！　デンさん！　おはようございます！」

後ろから声をかけると、二人はパッと振り向いた。驚いた顔をしている二人に、もう一度「おはようございます」と声をかける。

「おはよう、チナちゃん！　皆さんも。……こんな朝早くに、もう出るんですか？」

確かに、観光にやってきたにしては早い出発だ。しかし、私には目的があるのだ！

「うん。ちょっといきたいところができたの。おうとにはまたもどってくるつもりだよ」

「そうなんだ。私たちも王都は立ち寄っただけだから、もう行くんだ。それなのにデンったら、眠い眠いってうるさいんだから」

その瞬間、ちょうどあくびをしたデンさんと目が合う。

恥ずかしそうに頬を染めて目を逸らしたデンさんは、口を尖らせて何やら言い訳を始めた。

「……俺は昔っから朝が苦手だって知ってんだろ。何もこんな早朝に出発しなくてもいいじゃんかよ」

「今回は他の人たちと合同の仕事だから、時間は決まってるって言ったでしょ⁉　だから早く寝なさいって言ったのに……チナちゃんだってちゃんと起きてるんだよ？」

そのまま言い争いを始める二人。仲がいいんだなぁ……と、なんだかほっこりする。

「……皆さんはどう思いますか⁉　俺、悪くないっすよねぇ⁉」

生温かい目で二人を眺めていた私たちに、突然話を振られる。興奮しすぎじゃない……？

「まあ、朝が弱いって分かってんだったら、その時間は仕事を入れないとか、調整するのは大事だよなぁ」

カイルさんの呟きにドヤ顔のデンさん。悔しそうな顔のジアさんがさらに反論する。

「でも、ちゃんと事前に時間が分かってたんだから、自分で寝る時間を調整するとかやりようはあるでしょ？　……ですよねぇ⁉」

引き気味のカイルさんが答える。

「……冒険者である以上、自分の体調管理はちゃんとしないと命取りになるからな。睡眠不足なんて、もってのほかだな」

今度はジアさんのドヤ顔である。

「まあ、パーティーで活動する以上、お互いのことを考えて行動しないとだからな。二人はもっと話し合った方がいいんじゃないか?」

二人は顔を見合わせてシュンとする。どうやら反省しているようだ。

「こんな、恥ずかしいところを見せちゃってごめんなさい……時間なので、そろそろ行きますね。皆さんも、お気をつけて」

「失礼します……!」

冷静になった二人は、うっすらと頬を染めてそそくさと去っていく。

朝から嵐のような二人だったな……。眠気で少しぼんやりしていた私も、二人のおかげでしっかりと目が覚めたようだ。

「俺たちも行くか」

カイルさんの合図で門に向かう。

門を出たところでライくんに下ろしてもらい、手を繋ぐ。

目指すは火山の麓《ふもと》の街、火山街。このまままっすぐ道なりに歩くだけだ。

道中、草むらに入ってスライムと戯《たわむ》れながらも、日が暮れる前には火山街に辿り着いた。

◇◇◇

街の光に照らされておぼろげに見える火山は、見上げると首が痛くなるほど高く、この薄暗い時間では全体を見ることはできなかった。王都から見ても大きな山だと感じたが、その麓まで来るとあまりの大きさに圧倒されてしまう。

山登りなどしたことのない私は、結界内に入ることができたらこの山を登るのか……と、不安に襲われた。

ひとまず今日はどこかで宿を取ってひと休みだ、と気を取り直し、街の景色に目を向ける。夕暮れ時にしては暖かい気温に首を傾げながらも、街並みを見渡した。

提灯《ちょうちん》で照らされた街は、どこか前世のお祭りを彷彿《ほうふつ》とさせ、自然とテンションが上がってきた。

ちょうど晩ごはんの時間のため、屋台で何か買うか、どこかのお店に入るかを相談していると、どこからか独特な香りが漂ってきた。苦手な人もいるであろうその香りに、私は懐かしさを感じ、匂いを辿ることに夢中になる。

無意識のままライくんを引っ張ってやってきたのは、蒸し野菜を売っているお店だった。

蒸し野菜を専門に売っているお店など珍しいな、と思い覗いていると、そこの店主らしきおばあさんに声をかけられた。

「おや、お嬢ちゃん。うちの店に興味があるのかい？」

「はい！　おいしそうなおやさいですね！」

腰の曲がった優しそうなおばあさんに、私は笑顔で返事をする。

「うちの野菜はね、温泉の蒸気を使って蒸してるんだよ。そうするとね、甘みが強く出る上に温泉の塩気が追加されて、それはもう美味しい美味しい蒸し野菜になるんだよ。少し食べてみるかい？」

ちょっと待っておいで、とおばあさんは店の中へ戻っていった。

私の想像通り、これは温泉の匂いだったようだ。確かに火山の近くはよく温泉が湧いているイメージがある。よく見れば街の至るところから蒸気らしきものが噴き出ていた。暖かく感じるのも、夏が近づいているからではなく、この蒸気によるものだろう。

前世では温泉などあまり行ったことはなかったが、すぐそこにあるのなら入ってみたい。後でみんなに相談してみよう。

そうしている間に、おばあさんが野菜をいくつか持って戻ってきた。

「ほれ、食うてみい。熱いから気をつけるんじゃよ」

一口サイズにカットされた色鮮やかな野菜たち。私たちはその中からキャベツのような葉物野菜を一つ手に取り、一口で頬張る。

「…………おいしいっ！」

「ばあちゃん……天才だな」

今まで食べたどの野菜よりも甘くみずみずしいそれは、ほんのりと感じられる塩気で野菜本来の味が引き立っていて、思わず声を上げてしまうほどの美味しさだった。カイルさんたちも絶賛である。

「そうじゃろ、そうじゃろ。爺さんが作った自慢の野菜じゃからの。うちの野菜が一番この温泉に合うんじゃ。うちには足湯しながらごはんを食べれるところもあるんじゃよ。夕飯がまだなら、うちにせんか？　定食なんかもあるから、お兄ちゃんたちも満足できるじゃろ」

ミカンからの熱い視線も手伝って、私たちはここで晩ごはんを食べることにした。

ガッツリとしたお肉の定食もあり、ライくんも満足気《げ》だ。私は、蒸し野菜と一緒に温泉卵も食べられて、言わずもがな大満足である。

足湯にも浸からせてもらって、ここまでの旅の疲れが癒えるようだ。

ミカン用にも桶を出してもらって、そこに浸からせる。こんなに溶けた表情のミカンは初めて見た。よほどここの野菜と足湯が気に入ったらしい。蒸し野菜を一番気に入っていたのもミカンだった。いつもは一口で満足しているけど、今日は珍しく、あれもこれもとたくさん食べていて、見たことないくらいミカンのおなかがぷっくりしている。

動けなくなったミカンをライくんが抱え、私たちは宿に向かうことにした。

「あのね、わたし、おんせんはいりたい！」

カイルさんに手を繋いでもらいながら歩いている道中、私はそう提案する。

よほど物欲しそうな目をしていたのか、カイルさんは苦笑してグリグリと私の頭をなでてくる。

「大丈夫だ。ここらの宿はどこも温泉があるからな。……ただ、この時間だといいところは難しいか。旅館に泊まるのは全部終わってからのご褒美にして、今日は冒険者向けの宿でいいか？」

ご褒美に旅館……！　俄然《がぜん》やる気が湧いてくるというものだ。

今日泊まる宿は、いつものところと同じようなシンプルな宿で、お風呂は小さな温泉になっていた。小さくても温泉は温泉だ。

ゆっくりとお湯に浸かりながら、私は明日からの火山調査に向けて、不安な気持ちを吹き飛ばし、気合を入れていた。

なんだかいつもより肌がすべすべしているような気がする。

◇◇◇

視界の全てを覆い尽くすほどの灰色。

平坦な地は一切なく、ゴロゴロとした大小様々な岩が敷き詰められたこの火山は、まるで外からの侵入を拒んでいるような印象を受ける。

こんな場所に入って、無事に帰ってこられるのだろうか……？　まだ入れるかすら分からないのに、そんな不安に襲われる。昨日までのワクワクした気持ちは、ここに来て一切吹き飛んでしまった。今、私の胸を占めているのは、不安と恐怖心。むき出しになった岩肌から、今にも欠片が転がり落ちてきそうで怖い。

結界の外には干渉しないこの火山も、結界の内側に入ってしまえばどうなるかなんて、誰にも分からないのだ。

今は町の人々が起き出すにはまだ早い、早朝。結界に中に入る瞬間も、山を登っている姿も、誰にも見られるわけにはいかない。

結界は、目と鼻の先にある。少し手を伸ばせば、触れられる場所だ。

そばに寄り添ってくれるミカンの温もりを感じながら、大きく深呼吸をする。呼吸を整え、そっと右手を突き出すと、空気の壁のようなものに触れた。

私は勇気を振り絞り、足を一歩前に踏み出した。少しの抵抗を感じながらも、私の体は壁を通り抜け、完全に結界内へ入った。

入ることができた安堵を感じつつ、これからこの険しい山を登ることに対する不安や恐怖は大きくなる。

結界を越えた瞬間に感じたのは熱気。湿気を多分に含んだここの空気は、体にまとわりついてくるようで、正直最悪だ。これは、温泉が湧き出ていることによる弊害なのだろうか。ただじっとこの場に留まっているだけで、体がベトベトして気持ち悪い。

私は頭の中に乾いた涼しい風を思い浮かべ、魔力を展開させた。イメージは、クーラーと扇風機をフル稼働させた部屋の中だ。

そして背負っていたリュックからタオルを一枚取り出し、汗を軽く拭いて、後ろを振り向く。そこには心配そうな顔をした三人がいた。

「はいってきてだいじょうぶだよ」

声をかけると、恐る恐る手を突き出す三人。

何食わぬ顔をして私の足元に寄り添うミカンは、私が魔法で生み出した冷たい風に目を細めている。

三人はやはり、結界による抵抗を感じたのか驚いた顔をしたが、その後すぐに一歩を踏み出して無事に結界内に入ることができた。その瞬間、あまりの暑さに顔をしかめる。

私は魔法の範囲を広げて、みんなを風で包み込んだ。

「これは……チナの魔法か？」

「うん。さすがにこのあつさのなか、やまをのぼるのはきびしいでしょ」

「ああ、ありがとう。助かるよ」

いつもお世話になっているのは私の方なのだ。このくらい、朝飯前である。

「じゃあ、いこうか」

私は山頂に向けて一歩踏み出した。……が、その足が地面に着くことはなかった。

着地点は、ライくんの背中。カイルさんに持ち上げられて、そのままライくんの背中へひとっ飛びだ。

「…………ん？」

「さすがに、チナが自分の足で登るのは無理だろ。それに、いつ転ぶか心配で気が休まらない。大人しく背負われておいてくれ」

さすがの私も、この言葉に反論することはできなかった。正直、自分で登るのは不安があったのでこう言ってもらえて助かる。

しかし、紐でくくりつけられるのは納得いかない。私は赤ちゃんではない。……とは言っても、ライくんの負担を考えるとこうするのが一番いいのは分かる。私はしぶしぶ、おんぶ紐を受け入れた。

さすが高ランク冒険者たち。ゴツゴツした岩山もスイスイと登っていく。

これは、背負われていて正解だったな。私が歩いていたら、いつまで経っても先に進まなかっただろう。こういった足場の悪い場所の歩行も、今後の訓練に加えよう。

……などと考えている間に私は眠ってしまっていたようだ。みんなが頑張ってくれているのに眠ってしまうなんて……不甲斐《ふがい》ない…………。

申し訳なさに項垂《うなだ》れていると、アルトさんからの励ましの声が聞こえてきた。

「チナちゃんの魔法にはすごく助けられてるんだよ？　これがなかったら、きっと僕たち途中でへばってたから。……だからそんなに落ち込まないで？」

どうやら、眠っている間も魔法は途絶えなかったらしい。もし途絶えていたら、私も寝苦しくて起きていただろうから、これは嘘ではないだろう。少しでもみんなの役に立てているのなら良かった。

……でも、こんなところで寝てしまうなんて本当にありえないから、帰ったら何かお詫びを考えよう。特にライくん。ずっと私を背負ってきてくれたライくんには、とびきりスペシャルなお詫びをしなければ。

その後も休憩を挟みつつ山を登り続け、中腹まで来た辺りで突然視界が霧に包まれる。

これには覚えがある。確か、少しすれば徐々に視界が晴れ、そこには大きな神獣が……。

「よく来たな、チナ！　ついでにチナの保護者たち！」

……これ、しんじゅう、ちがう。

思わずカタコトになってしまうほどの気配、威圧感、熱気。

ライくんに背負われているにもかかわらず、見上げるほどの大きな体。

突如強く吹いた風が長い前髪を靡《なび》かせ、渋くて綺麗な顔が顕《あら》わになる。

「ははっ！　なんだ？　俺に会えて感激しているのか？」

そう指摘されて、ようやく気づいた。

私の両目からは、何故か涙がポロポロとこぼれていた。

私は我慢できなくなり、ライくんの背中から飛び降りて駆け出した。

あまりいいとは言えない凸凹《でこぼこ》とした足場を、トテトテと効果音が付きそうなおぼつかない足取りではあったが、一歩一歩踏みしめ彼のもとまで辿り着く。胸から込み上がる感極まったような感情に戸惑いながらも、私は彼に手を伸ばした。

苦笑した彼は、迷いなく私を抱き上げた。

「すまないな。どうやら人間は、俺の近くにいると感情が大きくなってしまうらしい。しばらくしたら俺の力に馴染んできて、落ち着くだろう」

ほら見てみろ、と促されカイルさんたちを見ると、三人は跪いたまま頬を紅潮させていた。感情が表に出にくいライくんですら、だ。特にカイルさんなんかは、目をキラキラさせて彼を見ている。まるで、憧れの人を見つめている少年のように。

ちなみに、ミカンはライくんの傍らに座って、暇そうに毛づくろいをしていた。元神獣には、効果がないらしい。

そうしているうちに、少しずつ気持ちが落ち着いてくる。ドキドキしていた胸の音も静かになって、ようやく冷静に彼を見ることができた。

風に靡く鮮やかな赤色の長髪は、後ろで一つに束ねられ、同色の口髭と顎髭は厳格な印象を受ける。少し深みのある真紅の瞳は、力強い輝きがあり、じっと見つめられると、その瞳の奥底に誘われるような気持ちになる。

ベトナムの民族服、アオザイのような朱色の服の下には、裾が絞られた白いズボン。大胆かつ繊細な金の刺繍《ししゅう》が、体の逞《たくま》しさを強調しており、鍛えられた筋肉が服の上からでも輝いているようだ。

今まで出会ってきたどんな人よりも、大きく逞しい体。私を抱えるその腕は、どれだけ暴れても落とされそうにないくらい、安定感がある。

彼以上に男らしくかっこいい人にこの先出会うことはないだろうと思うほどに、私は魅了されていた。

「なんだ？　俺に見惚れてるのか？」

頭上から聞こえた声に、その通りだ、と頷きそうになってしまったが、途中で我に返り、顔が熱くなる。

「ご、ごめんなさいっ……！　えっと……チナです。はじめまして」

まだ挨拶をしていなかったことに気がついて、慌てて頭を下げる。顔の熱はしばらく引きそうにない。おそらく、私の顔は真っ赤になっているだろう。

クスクスと笑っているような振動が伝わってくる。きっと、今の私の心なんてお見通しなのだろう……恥ずかしい。

「俺は火の精霊王だ。会えて嬉しく思うぞ」

やっぱり……彼は、火の精霊王様……。

「お前たちも、立ってくれ。ここまでチナを連れてきてくれて感謝する」

カイルさんたちにも声をかけて、精霊王様は私を下ろした。

「お？　お前は土のとこの神獣か？」

ミカンに気づいた精霊王様は、興味深そうにミカンを見る。

「はじめまして。私は、元土の神獣。今はミカンという名を貰って、このライと契約しておりますわ」

優雅に挨拶するミカンの言葉を聞いて、精霊王様は目を見開いた。

「神獣が人間と契約したのか!?　……よく見れば、その契約者は土の加護が付いてるじゃねぇか。なんだ？　そんなにすげぇやつなのか？」

「この加護も契約も、全てチナを守るものですわ。ライのことは気に入っておりますが、それだけで契約なんてしませんよ」

「ほう、なるほどな………」

ミカンの言葉は少し残酷ではないだろうか？　私だったら立ち直れなくなっちゃいそう……。ライくんは納得してるみたいだけど……。

三人も精霊王様の力に馴染んできたのか、いつもの調子に戻っていた。ライくんは相変わらずの無表情だ。さっきの紅潮した顔は本当にレアだったな……。どうにかライくんの表情を引き出す方法はないか考えていると、何かを悩んでいる様子だった精霊王様がパッと顔を上げて、こう宣言した。

「よし！　じゃあ俺も、チナのために加護を与えよう!!」

唐突にそう言い放った精霊王様は、ニカッと笑ってカイルさんたちを見回す。

「そっちの坊主は土のがあるからいいとして、お前かお前だな」

指名されたカイルさんとアルトさんは、ピキッと体を硬直させた。緊張の面持ちで精霊王様の判断を待つ。

「ううむ。どちらも能力的には変わりないか……。土のとこのおっさんは、なんでそこの坊主に決めたんだ？」

どちらに加護を与えるか、決めあぐねているようだ。土の精霊王様がライくんを選んだ理由を参考にしたいらしい。

確かライくんの時は、髪色が土の橙色に近いからって言って決めてたような。

火の精霊王様にそう伝えると、彼は呆れたような顔をして呟く。

「あのおっさん、適当だな……。まあ、他に判断基準になりそうなものもないし、それはそれでアリか」

もう一度、カイルさんとアルトさんを見やってから、納得したように頷く。

「うむ。そうだな。そっちの小僧は光と水の色が入っているから、俺が先に加護を付けちまったらいろいろ言われそうだ。そっちの黒いお前にしておこう」

選ばれたのはカイルさんだった。

カイルさんも覚悟を決めたように精霊王様を見据え、胸に手を当てて頭を下げる。それがなんだか、王に命を受けた時の騎士のようで、すごくかっこよかった。本物の騎士を見たことはないから、完全に想像でしかないけど……。

「これからもチナのことをよろしく頼むぞ」

「はっ。必ずやこの力を使いこなし、チナを守るとお約束いたします」

普段から頼りになるカイルさんではあるが、今はこれまでよりさらに凛々《りり》しくなって、本当に騎士のようだ。

精霊王様の軽いノリで始まった加護の付与だけど、自分のために何かをしてくれるというのは、何度経験しても嬉しくて胸がいっぱいになる。

私も、カイルさんのためにできることを探して恩返しをしたい。もちろん、ライくんにもアルトさんにも、ミカンにも。会える機会は少ないけど、精霊王様たちにも、どこかで恩返しができたらいいな。

加護の付与をしているうちに、日が暮れてきたようだ。辺りはオレンジ色に染まり、まるで世界の全てが燃え盛る炎に覆い尽くされているように見える。

「ここまで来るのは大変だっただろう。そろそろ日も暮れてきたし、お前たちは休む準備をしろ。

俺は少し、下の様子を見てくる。……あっ、そうだ。飯は激辛料理だと嬉しい。無理そうだったら、お前たちがよく食べているようなものでもいいぞ。じゃあ、行ってくる」

精霊王様は、そのまま意気揚々と火口へ飛び込んでしまった。

突然の行動に一同が騒然とする。ここからじゃよく見えないが、あそこには溶岩がたっぷり溜まっているはずだ。まっすぐ落ちていったけど、大丈夫なのだろうか？　まぁ人間じゃないんだし、大丈夫だろう……。

一人で納得したところで、私は精霊王様に言われた通り、野営の準備を始めた。

今日の晩ごはんは、リクエストにあった激辛料理だ。とは言っても、私は辛いものが苦手なので、後から辛さを調節できるようなものにしよう。激辛の方の味付けは、アルトさんに任せることにする。

メニューは、ステーキとスープ、あとはいつものパン。スープは、カレースープがいいかな？　私とミカンの分以外は香辛料たっぷりだ。男性陣はみんな、激辛料理が好きだという。舌とおなかが強いんだな、と変なところで感心してしまった。


ちょうど晩ごはんが出来上がったタイミングで、精霊王様が戻ってきた。飛び込んでいった時と変わらず、髪も服も燃えたような跡はない。

無事な様子に安心して、私は声をかけた。

「ちょうどごはんができたところだよ。きょうは、せいれいおうさまのリクエストどおり、げきからメニューです！　さ、たべよ！」

私も精霊王様の隣に腰掛け、みんなで食事を始める。

精霊王様は、激辛かつ旨味もたっぷりな料理に大満足。ぺろりと完食してしまった。

実は私も、一口だけ味見をしていた。最初の一瞬だけは美味しいと感じたが、あれは人の食べるものではなかった……。口の中が燃えるようだ……。ミカンは、匂いを嗅いだだけで毛を逆立てていた。

食事の後は、精霊王様は私を膝の上に乗せ、火口の中で何をしていたのか教えてくれた。

どうやら、神獣の様子を見に行っていたらしい。ちょうど今は、神獣の生まれ変わりの時期なのだそうだ。火の神獣は、絵本に書いてあった通りのフェニックス。土の神獣とは違い、代替わりというものはなく、同じ魂と記憶を持って生まれ変わるのだという。

その生まれ変わりが行われるのが、この火山のマグマの中。卵の殻が割れると、勢い良く火口から飛び出してくるという。その際の衝撃で、同時に噴火も起こるのだそうだ。

これが、この不思議な火山で起こる謎の火の鳥の出現、約百年に一度の噴火の真実である。

神獣はまだ、殻の中らしい。精霊王様が見に行った時には、もうヒビが入っていたそうだから、ちょうど私たちが火山を下りた頃に生まれるだろう、とのこと。ぜひ、火の鳥が飛び出してくるそ

の瞬間を見たいものだ。

そうして精霊王様と神獣について話しているうちに、私は彼の温かさも相まって、いつの間にか眠りに落ちていた。

◇◇◇

翌朝。

私は精霊王様の腕の中で目が覚めた。昨日はそのまま、一緒に眠ってくれたらしい。

精霊王である彼に睡眠が必要なのか問うと「必要はないが眠ることはできる」という答えが返ってきた。

昨日は、横にはなったが眠ってはいないそうだ。ずっと私を見ていたらしい。「短い時間しか一緒にいられないのに、その時間を睡眠なんかに使って無駄にしたくない」とのことだ。恥ずかしいからやめてほしい……。

…………ん？　ということは、土の精霊王様はあの時、どうしたんだ？　私は一緒に眠っていたものだと思っていたが、まさか、火の精霊王様のように寝てないなんてことは…………。これ以上考えるのはやめておいた方がいいだろう。恥ずかしくて死んでしまう。

朝ごはんを軽く食べ、私たちは今後の予定について話し合う。

精霊王様は夕方頃まで、ここにいられるらしい。

ギリギリまで精霊王様と一緒にいたい、という私の気持ちを伝えると、カイルさんたちは、ここにもう一泊していこうか、と提案してくれた。暗い時間に山を下りるのは危険なため、私たちは明日の朝、出発することになった。

「よし！　では、チナの冒険の話を聞こうか。ここまで来るのに、何をしてきたか、どんなことがあったのか。嬉しかったことも楽しかったことも、苦しかったことも、全部聞かせてくれ」

私は、この世界に生まれてからここに来るまでの間のことを、全て話した。

最初は、森の中の川にたった一人で怖かったこと。カイルさん、アルトさん、ライくんと出会って、たくさんお世話になったこと。土の精霊王様に会いに行って、ミカンが仲間になった時のこと。ダン爺、ジルおじさん、ジアさん、デンさん……今まで出会ってきた、みんなのこと。魔道具を作ったこと。怖い魔物や、可愛い魔物と遭遇したこと。

「やまをおりたら、おんせんにはいりにいくの！　おうとにもどったらまだまだまちをみてまわりたいし、あと、とうごくにもいってみたい！　たのしみなこと、いっぱいだよ!!」

ここに来るまでかなり濃い時間を過ごしてきたため、伝えたいことが多すぎて話は支離滅裂になっていたと思う。勢い余って、これから先のやりたいことや、行きたいところの話までしてしまったくらいだ。

それでも、精霊王様はずっと笑顔で私の話に耳を傾けてくれた。聞き上手な精霊王様の前で、私の口は開きっぱなしだった。

「ごめんなさい、はなしすぎちゃいました……」

我に返った時、あまりにも自分が子供っぽすぎるように思えて、少し恥ずかしくなった。両手で口元を押さえて、赤くなった顔を隠すように俯く。

「良い良い。チナの話がたくさん聞けて、俺は嬉しく思うぞ。お前たちのことは時々覗き見ていたが、やはり直接話を聞くのは楽しいな。俺の知らなかったことも、たくさん知れたしな」

「の、のぞきみ……!?」

「ああ。みんなしてるぞ？　……それにしても、土のおっさん。加護のことや神獣のことは黙ってやがったからな。戻ったら問い詰めてやらなければ……」

みんな……!?　覗き見……!?　何それ、恥ずかしい……!!

驚きの発言に目を白黒させていた私だが、言い方を変えれば見守ってくれている、ということか？　……うん。そうだ。そう思うことにしよう。

覗き見と言われると恥ずかしいし、やめてくれと思うけど、見守ってくれていると考えれば、少し気恥ずかしいけど嬉しく思う。考え方って大事なんだな、ということを考えさせられた発言だった。

精霊王様とお話をしたり、火口の周りを散歩したりしているうちに、一日があっという間に過ぎる。そろそろ、精霊王様とお別れの時間だ。

「チナ。ここまで来てくれてありがとう。とても楽しい時間だったぞ」

「わたしもたのしかったよ。せいれいおうさま」

「ここに来るのは大変だろうが、気が向いた時にでも来てくれると嬉しい。また、旅の話を聞かせてくれ」

「うん！　つぎくるときまでに、せいれいおうさまもびっくりするようなおはなし、たくさんよういしておくね！」

「ありがとう……。じゃあ、元気でな……」

「せいれいおうさまもげんきでね……！」

そして、精霊王様はゆっくりと天に昇り、消えてしまった。楽しかった時間が終わってしまい、寂しい気持ちが込み上げてくる。沈んでいく夕日を見つめながら、私は涙を必死に堪えていた。

そして日が沈みきると同時に、私は暗い雰囲気を振り切るように、大きな声を出す。

「よし！　じゃあ、ばんごはんのじゅんびをしよう！　もうくらくなっちゃったからいそがないと！　アルトさん、てつだって!!」

その言葉を皮切りに、私たちは黙々と野営の準備を整え、晩ごはんが出来上がる頃にはすっかりいつもの元気な私たちに戻っていた。

眠る直前になって、精霊王様との楽しかった時間が頭に浮かび上がり、私はなかなか寝付けなかった。

一日だけじゃ時間が足りない。もっと話したいことも、やりたいこともたくさんあったのにな……。さっき別れたばかりなのに、もうすでに会いたい。

火の精霊王様とお話ししていたら、土の精霊王様にもまた会いたくなった。土の精霊王様のところへは、ここよりも気軽に行ける。そのことを火の精霊王様が悔しがっていたのが、少し可愛かった。火の精霊王様には申し訳ないけど、ルテール町に帰ったら、必ず土の精霊王様に会いに行こう。

まだ生まれていないらしい神獣のことも気になる。もう少し遅くに来れば、神獣にも会えたのだろうか？　生まれたら百年は生きるらしいから、私が生きているうちには会えるだろうけど、早く会ってみたい。まだ王都に滞在する予定だから、生まれたらすぐに会いに来ようかな？　みんなに許可を貰わないといけないけど、きっと断られることはないだろう。また私を運ぶことになるだろうライくんには少し申し訳ないけど……。

火の神獣はどんな子なのかな？　ミカンみたいに仲良くなれるかな？　早く会いたいな……。

そんなことを考えているうちに、私はいつの間にか眠っていた。

翌朝、朝日が昇るとともに起床し、私たちは山を下り始める。私はもちろん、ライくんに背負われ、運ばれていく。

行きでは途中で眠ってしまったから、今度こそは寝ないぞ！　と気合を入れた。昨日寝る前にいろいろ考えてしまったせいで、少し寝不足気味だけど、頑張るぞ！

出発して数分後、視界が再び霧に包まれた。

霧が晴れると、そこはもう山の中腹で、遠くに街が見える。精霊王様が送ってくれたのかな……？

山頂へ向かっていた時も起きた現象だったので、私たちは戸惑わずに山を下り始めた。

山を下り始めて気づく。上りよりも下りの方が怖い。ライくんの背中にいて目線が高いから、なおさらだ。ライくんの動きの邪魔にならないように空気のようになりたいのに、どうしても体が強張ってしまう。何もしていない私が一番疲れているような気がする……。寝ないぞ！　と気合を入れていたけど、いっそのこと寝てしまった方がいいのではないだろうか……？

なんてことを考えていると、突然、地面が大きく揺れた。私はびっくりして、ギュッとライくんにしがみつく。

「うおっ……！　お前ら、大丈夫か？」

「大きく揺れたね。……落石はなさそうかな。良かった」

「……………チナ、大丈夫？」

「……うん。……すごいびっくりしたけど、だいじょぶ」

ものすごく、胸がドキドキ鳴っている。何事もなくて良かった……。

なかなか動悸《どうき》が収まらず、一生懸命深呼吸していると、再び体が揺れる。また地震!?　と思ったが、どうやら違うようだ。小さく、ライくんの肩が揺れていた。

………そうだよね。これだけくっついていれば、私の心臓の音なんて丸聞こえだよね。私はムッとして後ろからライくんの頬を引っ張った。

「……チナ………痛《いひゃ》い」


そんなこんなで、その後は何事もなく、私たちは日が暮れる前に山を下りきることができた。

結界からも無事出ることができ、私はずっと使っていた風の魔法を解除した。

「心地よすぎて忘れてた……。お前、丸三日も魔法を使いっぱなしだったよな？　大丈夫か？」

正直、自分でも魔法を使っていたことを忘れていたくらいだ。全然問題ない。結界の外に出て、周りの気温が一気に下がったことで思い出せたのだ。一瞬、極寒の冬の戸外にいるようだった。

「ぜんぜんよゆう。じぶんでもまほうつかってるのわすれてたくらいだもん」

「す、すげぇな……。ありがとうな……」

カイルさんや、このくらいで引かないでいただきたい。

さて、この後はお楽しみの旅館にお泊まりだ！　豪華なお部屋に食事。露天風呂とかあるかな？と、まだ見ぬ旅館に思いを馳せる。ウキウキでライくんの背中から下り、さあ行こう！　と歩き始めた時、物陰から思わぬ声が聞こえてきた。

「――チ、チナちゃん、たち……今、結界の中から、出てこなかった………？」

そこにいたのは、目を見開いて驚いているジアさんとデンさん。そして、数人の冒険者らしき人と……怖い顔をした、騎士らしき人たちだった。

「どういうことだ……。お前たち、何者だ……？」

13

不安そうな顔をしたジアさんたちに見送られ、私たちは騎士に連行された。

険しい顔をした騎士に睨まれながら、王都まで荷馬車に乗せられ、揺られる。私の軽い体は、少し揺れるだけでも大きく跳ね上げられ、何度も木の床に打ち付けられた。ライくんが膝に乗せようとしてくれたが、それは騎士が許してくれなかった。


連れてこられたのは騎士団本部。

連行されている馬車の中で、私はこれから行われるであろう取り調べにビクビクと怯え、まさか拷問されるのでは……!?　などという悪い妄想を膨らませていたのだが、連れてこられたのは取り調べ室というより、応接室といった方がふさわしい部屋だった。

不安と困惑でソワソワしていた私に気がついたライくんは、そっと私の膝にミカンを乗せた。

……もふもふをもふもふしていると、徐々に落ち着いてくる。なるほど、これがアニマルセラピーか。これから何が行われるのかの不安も忘れ、ミカンに夢中になっていた私を現実へ引き戻したのは、扉を軽くノックする音だった。

「失礼する。私は王立騎士団団長、アルゼン・タラットだ」

まさかの団長様の登場だ。騎士団のトップであろう人が出てくるなんて、私たちはいったいこれからどうなってしまうのだ……。

「まず、うちの部下たちが失礼な態度を取ってしまったことについて謝罪させてほしい。申し訳なかった」

「…………え」

突然頭を下げた団長さんに困惑する。

というか、私たちは何を謝られているんだ？　怪しい者がいたら調べるのが騎士団なんだし、あれくらい失礼な態度とは思わなかったんだけど……。

何これ。どうしたらいいの？　と、助けを求めるように隣に座っていたカイルさんを仰ぎ見る。

私の視線に気づいたカイルさんは、ポンと私の頭に手を置いてから言葉を発した。

「頭を上げてくれ。明らかに怪しかったのは俺たちだし、騎士たちのあの態度は当然だ。気にしていない」

カイルさん!?　この人、騎士団長ですよ!?　そんな態度でいいの!?

私の困惑はついに頂点に到達してしまった。はたから見れば私は完全に挙動不審になっているだろう。

「そう言ってもらえるとありがたい。……では改めて、久しぶりだな、カイル。デカくなったなあ」

「ああ、久しぶり。まさか団長になっているとは、驚いたぞ」

まさかの知り合いだった……!! かなり歳が離れているように見えるけど、接点どこ!?

カイルさんと団長さんはにこやかに再会を喜び合っていた。

このことはさすがにアルトさんやライくんも知らなかったようで、驚きが見える。

呆然とする私たちを置き去りに、二人の会話は盛り上がる一方だ。そろそろ私たちにも説明してほしい。私はカイルさんの服の裾を軽く引っ張り、説明を求めた。

「ああ、悪い。アルゼンはルテール町の出身なんだ。ダングルフの幼馴染で、俺も小さい頃はよく遊んでもらっていた。とは言っても、その頃にはもう騎士になっていたから王都に出ていたし、年に数回しか会えなかったけどな」

「お前は小さい頃から剣の才能があったからなぁ。俺が毎年帰っていたのは、あわよくば俺に憧れて騎士を目指してくれねぇかな、って思いもあったんだぞ?」

「やだよ。てか、騎士に憧れることはあっても、アルゼンに憧れることは絶対にねぇから」

「うわ。そんなこと言われたら俺、傷ついちゃうよ? ……でもまあ、そうだよなあ。普通は父親に憧れるもんだもんな。ギルマスの息子なら、そりゃ冒険者になるか……」

「息子じゃねぇし、憧れてもねぇよ!!」

あれ、似たようなやりとりを前に聞いたような……。

とにかく、二人の関係は分かったけど、だからこそ最初の謝罪の意味が分からない。あれは個人的に、というよりも騎士団の団長としての謝罪だったように思う。そんな人が、いくら知り合いだからといって、簡単に頭を下げるようなことは、ないと思うんだけど……。

私の顔から考えていることを読み取ったのか、カイルさんが説明してくれる。

「あれはSランク冒険者に対する謝罪だ。冒険者とはいってもSランクとなれば、国から目をかけられるような存在だからな。地位で言えば、騎士団団長とほぼ同等なんじゃないか？」

「そうだな。特に冒険者は国に縛られた存在でない分、国から出ていかれないように我々は必死になるもんだ。……特に、お前たちにはな」

特に？　カイルさんたちは特別、目をかけられている？

「俺たちが受ける依頼。……あれは、元を辿れば国からの依頼がほとんどだ」

「え、そうなの!?」

ダン爺の特殊依頼……それがまさか、国からの依頼とは思ってもみなかった。

となると……ダン爺って何者？　ただのギルマスじゃないの？　私に激甘のお爺ちゃんが、まさかのすごく偉い人説が出てきた。

「まあそんな訳で、国としてはカイルたちにあの態度は許されないんだよ。あいつらは鍛え直しだな」

「な、なるほど……」

ここに来てから驚いてしかいない。騎士団長はカイルさんやダン爺と昔からの知り合いだったし、カイルさんたちは思ってたよりもずっとすごい人だったし、ダン爺も偉い人説が出てきたし……。もう、これ以上に驚くことはないのでは？

「それにしても、王都に来てるなら連絡してくれれば良かったのに。俺も噂のチナちゃんにずっと会ってみたかったんだぞ」

……噂って何⁉　団長さんが口にした「噂のチナちゃん」という言葉にドキッと胸が鳴る。カイルさんたちと旅をしている時点で、目立つことは避けられないと思ってはいたが、こんな早く噂なんて流れるものなのだろうか。それに、噂ってどんなものだろう？　悪目立ちするようなことはしていないはずだけど、悪い噂が流れていないかすごく不安だ。

「ダングルフからもジルベルトからも、カイルたちがすげぇ可愛い子を連れて旅してるって手紙で聞いて、ずっと気になってたんだよ。他人に厳しいあの二人がべた褒めするほどの子供なんて、どんな子だ？　変な術で操られてるんじゃないか？　ってちょっと心配だったんだが……こんな可愛い子なら納得するしかないな。正直、想像以上だったよ。もっと早く会いたかった」

なんだ、噂ってダン爺たちから聞いたってことか。びっくりした。まさか、ダン爺とジルおじさんがそんな手紙を送ってるなんて……。ちょっと恥ずかしいけど、嬉しいな。でも、ダン爺が私のことを伝えてるってことは、この人は信用できるってことだよね？

「……気のせいかもしれないんだが、何故かチナちゃんがさっきよりもキラキラして見える。なんだ、これ？」

「キラキラ？」

「ああ。特に、髪と瞳が……」

キラキラ……？　キラキラといえば、精霊王の愛し子である証の色のことしか考えられないけど……。もしかして、私が信用できる人だと感じたから、土の精霊王様がつけてくださった認識阻害が少し薄れてる？

怪しむように目をすがめてこちらを見る団長さん。一度信用できると感じたからか、そんなに慌てることはない、と落ち着いていられるけど……。さすがに会ったばかりの人に私のことを話すことはできない。

「そんなに見るなよ。チナがビビってるじゃねえか」

「あ、ああ。悪い。……疲れてるのかな？」

「……いい歳なんだし、目は大事にしろよ」

「年寄り扱いするな。相変わらず可愛くないな、お前は」

カイルさんのおかげで、変に追及されることは避けられた。ごまかし方は少しどうかと思うけど……とりあえず感謝しておこう。ありがとう、カイルさん。

そうしてしばらくじゃれ合っていた二人だけど、私たちの微笑ましいものを見る目に気づいたのか、姿勢を正してゴホンと軽く咳払いした。

「……すまない。本題に入ろうか」

団長さんは騎士団長の顔をして、まっすぐカイルさんに視線を送る。

「知っているだろうが、あの火山はずっと昔から誰も立ち入ることができなかった。国が主体となって研究を続けているが、火山に入れない理由については一切解明されていない。……が、お前たちは平然とあの謎の結界を通って出てきたと聞いている。どういうことか、説明してもらえるか？」

ガラッと空気が変わり、緊張感が漂う中、カイルさんが恐る恐る口を開いた。

「実は、だな…………。なんというか……俺、すげぇ強い精霊の加護を貰ったんだ」

「…………精霊の、加護？」

「ああ。見たこともないくらい、すげぇやつ」

真面目な顔をしながらも、困惑が隠せていない団長さん。

真剣な表情をしながらも、冷や汗が流れているカイルさん。

口を挟むことなんてできるわけもなく、私たちは二人を見守る。

「……その加護が、火山に入れることとなんの関係があるんだ？」

「あの火山は、俺に加護を授けてくれた精霊が守っているようなものらしいんだ。だから、加護を貰った俺と、その周囲にいる人たちは入ることができた」

嘘をつく時は、本当のことを混ぜるとバレにくいと聞いたことがあるけど……なるほど、こうするのか。

カイルさんは、私の能力を隠すために、自分を犠牲にしてくれたらしい。かばってくれて嬉しい気持ちと、申し訳ない気持ちが入り混じって、複雑な心境だ。

しかし、すごい精霊に加護を貰ったのは本当のことだ。その加護をくれたのは精霊王様だし、加護を貰ったのも火山に入った後だけど……些細《ささい》なことだ。カイルさんは真実を言っている。うん。

いつか嘘をつくことがあれば、参考にさせてもらおう。

……なんてことを考えていたのは、みんなには秘密だ。

団長さんは、膝に肘をついて何かを考え込んでいたが、しばらくするとパッと顔を上げた。

「つまり、その精霊の加護があれば、火山に入ることができる、という訳だな？」

「ああ。普通の加護じゃ駄目だぞ？　加護をくれた精霊は、かなり上位のものらしいからな」

「ちなみに、火山に入った理由は？」

「その精霊に会いに行っただけだ。いつか遊びに来てほしいと言われていたからな」

「そうか、分かった。……とりあえず、このことは報告させてもらう」

「……自分で言うのもなんだが、今の説明で納得したのか？」

あまりにあっさりした団長さんの反応に、私たちは唖然とする。カイルさんは最低限のことしか言ってないし、これからいろいろ聞かれるんだと思って身構えてたのに……。

「まあ、お前は昔から人並み外れた力を持っていたからな。お前を知っている者なら、俺と同じような反応をするんじゃないか？　精霊の加護だって、すでに持っているものだと思っていたし、それが人より特別なものだと聞いても『まあ、カイルだしな』って思うくらいだ」

カイルさん、まさかの私と同じような立場にいたらしい……。当の本人もポカンとしている。自分がどう思われているのか知らなかったのか……。

「まあ、そういうことだ。お前たちにはもう少しここに留まってもらうことになると思うが、不自由はさせない。客人としての対応をすることを約束しよう。部屋を用意して、部下に案内させる。少しここでくつろいで待っていてくれ」

そう言って、団長さんは部屋を出ていった。

大きなため息をついたのは四人同時だった。想定外の反応だったことに、ここまでの緊張はなんだったんだ、と脱力する。団長さんには気づかれていなかったようだが、カイルさんなんて背中が冷や汗でびしょびしょだ。

「カイルさん、ありがとう」

ハンカチでカイルさんの額を拭きながら、私は感謝の気持ちを伝えた。

眠り込んでしまったミカンをなでながら、私は今回のことについて考えていた。

火山から出る瞬間を人に見られてしまったのは、私たちの油断が招いたこと。精霊王様が降り立つ火山である結界内には、生き物が存在しない。ベテラン冒険者の三人でさえ、その事実があったから気を抜いていた。

落石の警戒や、ライくんの負担にならないよう、常に気を張っていたのもある。他の三人も、足場の悪い中、丸一日かけて山を下りるというのは神経を使うことなのだろう。全員が、索敵に使う神経を他のことに回していた。

もしかしたら、索敵をしていても人に気づかなかった可能性もある。あそこで出会ったのは、火山の調査をしていた冒険者や騎士たちだから、私たちに敵意を持った相手ではない。山下りで疲れきっていた中、敵意がない相手ならば、近くにいても気づかなかったかもしれない。

それに、あの時はご褒美の温泉がもう目の前にあることに浮かれていた。それもあって、注意散漫になっていたのかもしれない。

自分の駄目っぷりに項垂《うなだ》れたが、もし、を考えても、もうしょうがない。同じ失敗を繰り返さないように反省して、対策を考えようとしたところで、扉が叩かれる音がした。

カイルさんが返事をすると、扉が開いて一人の騎士が入ってきた。

「お部屋の準備が整いましたので、ご案内いたします」

騎士さんはやけに張り切った様子だった。

何か企んでいるのか？　と怪しんだところで、その心配が杞憂《きゆう》だったことに気づく。

騎士さんは、まっすぐにカイルさんを見つめていたのだ。子供のようなキラキラした目をして。

戦隊モノのヒーローに憧れる少年のような目で、カイルさんを見つめている。

誰が見ても分かる。彼はどうやら、カイルさんに憧れているらしい。なんだか微笑ましい。今まで、おおっぴらに名前を出して旅をしてきたわけではないので、こんな反応をされるのは新鮮だった。

それと同時に、Sランク冒険者という存在は、思っていた以上にすごいものなのだと感じた。

私から見たカイルさんは、頼りになるけど過保護で時々少年のようになる、気のいいお兄ちゃんみたいな存在だ。そんな人が憧れの目で見られているというのは、嬉しいような、誇らしいような、気恥ずかしいような、なんだか不思議な気持ちだった。

彼はそんな目でカイルさんを見てはいたが、必要以上に話しかけてくることもなく、自分の職務を全うしていた。

案内された場所は、本部の入り口だった。正面には、一台の箱馬車が停まっている。

「お部屋は、王城の方に用意させていただきました。少し距離がありますので、馬車での移動となります」

ん？　王城……？

どうぞ、とキャビンの扉を開けられて、乗るように促される。

ため息をついて乗り込むカイルさんを呆然と見ていると、私はライくんに後ろから脇に手を差し込まれて車中へと運ばれた。そのままライくんの膝に着地し、アルトさん、ミカンも乗り込むと箱馬車の扉が閉められる。

騎士さんは御者の隣に乗り込んだようだ。ゆっくりと進み出した馬車の揺れの少なさに驚きながらも、私の口からは疑問が飛び出していた。

「え、おうじょうっていった……？　おうじょう？　なんで？」

私の向かい側でクワッと大きなあくびをしたミカンは、ふかふかのクッションに身を沈め、耳を伏せて眠りの体勢に入る。隣からため息が聞こえてきたので見上げると、カイルさんが嫌そうな顔をしながら説明してくれた。

「王城に呼ばれるってことは、お偉いさん方の前で直接説明しろってことだろ……めんどくせぇ」

「まあ、そうだろうね。対応は丁寧だから、最悪の事態にはならないだろうけど……。まあ、騎士ごときに僕たちを捕まえることはできないだろうし、チナちゃんは何も心配しなくて大丈夫だよ」

アルトさんの補足説明に、ホッとした。

それにしても、ほんとにめんどくさいことになっちゃったな……。私の求める平穏ほのぼのライフが、どんどん遠ざかっているような気がする。

「今まで散々国に貢献してきたんだ。手荒な真似をすることはないだろ。俺らに敵意を見せるようなら、速攻で国を出るぞ」

「まあ、元々国外に行くつもりではあったしね。相手方の対応によっては、二度と帰ってこなくなるかもしれないけど、今後の予定は大きくは変わらないでしょ」

あからさまにイライラしているカイルさん。

冷たい微笑みを浮かべているアルトさん。

未だかつて、こんな二人を見たことはない。ブラックカイルさんと、ブラックアルトさんの降臨だ……。

戦々恐々としていると、ゴツン、と後頭部に衝撃が来た。なんだ？　と振り返ると、目を瞑って頭を揺らしているライくんが……。

嘘でしょ!?　この空気の中、寝るの!?　マイペースがすぎるよ！

ほんわかのんびりのライくんとミカン。

ヒエヒエの空気を出すカイルさんとアルトさん。

ガクブルの私。

今ここには、異様な空間が出来上がっていた。これをカオスと言うのだろうか……。

そんな空気が約三十分。控えめに言って地獄でした。

ようやく止まった馬車から我先にと降りると、目の前には大きな屋敷が建っていた。

「こちらが、本日滞在していただくお部屋になります。使用人は必要ない、とのことでしたが……」

「ああ、さすがアルゼン。分かってるな。それで問題ない」

「かしこまりました。一応、執事が一人おりますが、呼ばない限り姿を現すことはありません。何かあれば、各部屋に設置されているベルを鳴らしてお呼びください。では、私はこれで」

「ああ、ありがとう」

頬を紅潮させた騎士さんは、そのまま馬車に乗って帰っていった。あの様子は、カイルさんにありがとうと言われたことが相当嬉しかったのだろう。憧れの相手に、直接声をかけてもらえることほど嬉しいことはないもんね。

私は、改めて今日泊まる屋敷を見上げる。

「へやっていうきぼじゃないよ………」

そう呟かずにはいられないほど、これは予想外の展開だった。

◇◇◇

外観は、まるで田舎町にある別荘のようなお屋敷。

屋敷から続く舗装された道はいくつかに分かれており、そのうちの一本を辿ると少し離れた場所にお城の一部が見えた。ここは城の離れだろうか。

城からは隠されるように背の高い植物が辺りを覆い、ひっそりとした場所でありながらも建物自体は豪奢である。どっしりとした重厚な扉を開けば、両端にずらりとメイドさんや執事さんが頭を下げて並んでいる様子が容易に想像できる。まさに、お嬢様が住んでいそうなお屋敷ランキング第一位に輝きそうな建物だ。さすが王城である。

カイルさんが、重たそうな両開きの扉の片側を静かに開けた。

開いた隙間から身を滑り込ませると、正面には大きな階段。踊り場にはいかにも高級そうな絵画が飾られている。階段前のエントランス部分も、どこかのホールのように広く、本当に使用人が百人ほど並んでいても違和感がなさそうだ。天井から吊り下げられたシャンデリアはキラキラと輝いており、気を抜けば魅入られてしまいそうに美しい。これで優雅な音楽でも流れていれば、まるでリゾート地の高級ホテルのようである。

団長さんの気遣いのおかげで、この場には私たち以外の誰もいない。それはありがたくもあったけど、この広さに私たちだけというのはなんだか寂しく感じる。……何か出そうで少し怖いと言ったら、カイルさんにバカにされるだろうか。

迷いなくスタスタと歩いていくカイルさんに置いていかれないよう小走りで後を追うと、ベッドのある部屋に辿り着いた。

見たこともないくらい大きなベッドに比例するような広い部屋。足に細かい飾りがついたかっこいいローテーブルに、見るからに上質なソファ。

これが、貴族の家……!!　と、密かに興奮していると、ドサッとソファに座り込んだカイルさんが口を開いた。

「はぁ、疲れた。少し早いけど今日はもう休もうぜ」

激しく同意である。

「部屋割りどうする？　部屋は十分あるから一人一部屋でも……」

「わたし、きょうはカイルさんといっしょにねる！」

私は食い気味に叫んで、カイルさんの隣に引っ付いて座り込んだ。

一人は嫌だ。広すぎる部屋に一人というのは落ち着かないし寂しい。それに少し怖い。

ミカンはもちろん一緒にいてくれるけど、自分より小さなミカンでは安心感は半減である。ごめんね、ミカン。

カイルさんがポンポンと私の頭をなでて、残りの二人に視線を送る。

二人はそれぞれ、一部屋ずつ使うようだ。折角だから二度と味わえないような贅沢を満喫するらしい。

その後はそれぞれ部屋に分かれ、自由に過ごした。

疲れが限界まで来ていた私は、さっさとお風呂に入って休むことにする。

浴室へ行くと、そこにあったのは猫足のバスタブだった。金ピカの足に、純白のバスタブ。入るだけでもなんだか緊張してしまう。

少しの緊張感を持ってお湯に浸かると、ちょうどいい温度でじわじわと体の芯まで温まる。

すっかりリラックスしてしまった私は、強烈な睡魔に襲われた。せっかくの高級バスタブがほんの少し名残惜しかったが、うっかり寝てしまう前に上がることにした。

その後飛び込んだベッドは、サラサラの手触りにふかふかの感触で、あっという間に夢の世界に旅立っていた。

◇◇◇

まぶたの裏に眩しさを感じ、意識が浮上した。まるで雲の中にでもいるようなあまりの心地よさに、まさかここは天国か？　と軽く現実逃避したところで、自分が今どこにいるのかを思い出す。

この後のことを考えれば憂鬱《ゆううつ》で仕方がない。布団から出たくない……と二度寝を決め込もうとしたところで、突然ノックの音が響いた。

私より早く起きていたらしいカイルさんが外を確認すると、何かを持って戻ってきた。

ぐぅ…………。そこから漂ってきた香りに、私のおなかが鳴り響く。そういえば、昨日はごはんを食べる間もなく眠ってしまったな……。

「チナ、起きてるんだろ？　飯だぞー」

気怠げなカイルさんの声に、私は断腸の思いで布団から這《は》い出た。

机に並べられた豪華な食事に、再び私のおなかが鳴り響く。

……なんて美味しそうなんだ。

ふかふかのパンに、とろとろの卵。カリカリに焼かれたベーコンとみずみずしい果物。シンプルでありながら、とてつもなく食欲をそそる朝食。まるで、自分が本物のお嬢様にでもなったような気分だ。

見た目や香りだけでなく、味まで完璧である。ああ、ここに住みたい……。

最後の一口まで美味しくいただいた。量の調節まで完璧である。王城で働く使用人というのは、とんでもない能力を持っているようだ。


その後、支度を整えた私たちは、大きな窓に囲まれた暖かい部屋に集まって作戦会議をしていた。

「はぁ。面倒だけど、さっさと終わらせてさっさと帰ろう。……基本的には俺が話すけど、お前たちも何か聞かれるかもしれない。その時にちゃんと答えられるようにしておいてくれ」

昨日団長さんに話した内容をもとに、細かいところまで詰め、決戦に備える。

私はまだ子供だから大したことは聞かれないだろう。しかし、子供らしい純粋な意見を求められるかもしれない。適度に子供らしさを演出しつつ、答えられるだろうか、と不安になる。最悪、泣けばいいけるか……？

ボロを出して捕まりそうになったらミカンに頼んでどうにかしてもらおう、とひっそり企んでいると、扉がノックされた。

「お迎えの方がいらっしゃいました。玄関ホールまでご移動をお願いします」

本物の執事さんは、なんていうか、セバスチャンって感じだった……。

◇◇◇

迎えに来てくれた騎士さんに連れられ、私たちは王城内を歩いていた。右に曲がり、左に曲がり。階段を上り、下り。迷宮のような王城をグルグルと歩き回る。

はぐれたら確実に迷子になる。私はもう、自分がどこにいるのかさっぱり分からなくなっていた。大理石の柱。高そうな絵画。ふわふわのカーペット。どこまで行っても変わらない景色に嫌気が差す。

「……つかれた」

ボソリと呟いた言葉に反応はない。

ライくんの顔を見上げると、目が死んでいた。きっと私も、同じような目をしているのだろう。

無心でひたすらに歩いていると、ようやく足が止まる。辿り着いたのは、いくつもある同じような扉の一つだった。

「こちらで少々お待ちください」

部屋の中に入ると、私たちを残し、騎士さんは扉の前に陣取る。そのまま警備に当たるようだ。

中で控えていた侍女さんが、お茶とお菓子を出してくれた。明らかに高価な茶器と茶葉。透き通った琥珀《こはく》色のお茶は、ふんわりと上品な花の香りがした。侍女さんにおすすめされたジャムを一匙《さじ》溶かすと、子供の私でも飲みやすい甘いお茶になった。添えられたお菓子は、和三盆《わさんぼん》のような砂糖菓子。口に含めばあっという間に溶けてなくなり、しつこくない甘さが口の中に広がる。疲れた体に甘さが染みる……。

うまうま、と菓子を堪能していると、ノックの音が響いた。

「国王陛下のご到着です」

こ、国王陛下……‼

カイルさんたちに習い、立ち上がって腰を折る。多分、こういう時にはかーてしー？　ってのがふさわしいんだろうけど、そんなの知らんとばかりに、私は普通にお辞儀をした。

扉が開き、複数の人が入ってくる気配を感じた。

「頭を上げてくれ」

その言葉を合図に、私は姿勢を正す。

目の前にはおじさんが三人。そのうちの一人は、昨日も会った騎士団長さんだ。

「よく来てくれた。さあ、楽にしてくれ」

真ん中にいたおじさんがそう促して、私たちの正面のソファに座った。

もう一人のおじさんが一人用のソファに座ったのを確認して、私たちも腰を下ろす。

団長さんは護衛として最初のおじさんの後ろに立ったままだった。

「改めて、よく来たな。私がこの国の国王、ゼファール・アストロだ。……久しいな、カイルよ」

「ご無沙汰しております、国王陛下。今回は私どものために時間を取っていただき、誠にありがとうございます」

最初のおじさんは国王陛下だった。うん、分かってたよ。だって、服がすごいキラキラしてるもん。大きな宝石のブローチにゴツい指輪までして、明らかにこの中で一番身分が高いのが分かる。

最初に国王陛下が到着したって言ってたしね。

そして、これまたカイルさんの知り合い。国王陛下にまで認知されているカイルさん。ほんと、とんでもないなぁ……。

「そんなにかしこまらんでいいと言っておるのに、お前は昔っから変わらんなぁ」

「国王陛下相手に無礼な態度など取れません」

ニコニコと微笑ましげにカイルさんを見る陛下。

アルカイックスマイルでさらりとかわすカイルさん。

なんだか気が抜けてきた……。

「陛下、私めにも挨拶をさせてくださいませ」

そこで、一人席に座ったもう一人のおじさんが声を上げる。銀色のモノクルをかけた細身のおじさんだ。

「おお、すまない。こちらは宰相を務めるサイファ・ゲールだ」

「お初にお目にかかります。サイファと申します」

思った通り。国王陛下、騎士団長と来たら、次は宰相だよね。

それにしても、この国のトップ三人はずいぶんと親しみやすさを感じる。敵意や悪意、警戒心といったものを一切感じない。

「はじめまして。Sランク冒険者のカイルです。こっちは……」

「Aランクのアルトです」

「Aランクのライです」

立て続けに三人が自己紹介して、次は私、と視線が集まる。部屋中の視線を一手に集めた私は慌てて声を上げた。

「え、Fランクのチナです……！」

言ってから気づいた。絶対に違う……！　みんなランクを言ってたからそれに釣られて私も言ってしまったが、絶対私は言わなくて良かったやつ……！

すごい微笑ましげに見られてるよ！　恥ずかしいよ！　私は涙目になった真っ赤な顔を隠すために俯いた。

ううっ……こうなったらミカンに顔を埋めてやるっ！　顔全体でミカンのもふもふを堪能する。されるがままのミカン。ごめんね、後でブラッシングしてあげるからねっ……！

「では、本題に入ろうか」

陛下の一声で空気がピンと張り詰める。

カイルさんは、団長さんにしたのと同じ説明を、この場でもう一度した。

「そうか。精霊の加護……。あの結界は、精霊様が作ったものだった、ということか」

今まで謎だった結界の秘密。火山に立ち入ることができる者が現れたということは、歴史的にも大きな進歩だ。

「では、我々もカイル殿とともにあれば、火山へ立ち入ることができると……。未だ解明されていないあの地の調査も可能になるというわけですな……!!」

宰相さんは興奮気味にそう言って「調査団を派遣しなければ……」とぶつぶつ呟く。その言葉にカイルさんは険しい顔で待ったをかけた。

「それはお断りさせていただきます。俺はそんなことのために加護を貰ったわけではありませんので」

「なっ!?　そんなこと、って……！　何を言っているのか、分かっているのかね!?」

宰相さんは、ありえない！　というように目を見開いた。どうにか説得しようと、言葉を言い連ねる。

「俺が加護を貰ったのは、とある人を守るためです。それ以外のことにこの力を利用するのは、精霊様も望んでいません。それに、あそこを調査してもこの国の利になることはないかと思います。今まで通りの距離感がちょうど良いかと」

カイルさんの真剣な様子に、押され気味の宰相さん。その様子を見て陛下も頷いた。

「うむ、そうだな。我々が今さらあの地に干渉したところで、利があるとは思えん。そもそも、カイルがいなければあの地に立ち入ることすらできんのだ。それなら、無駄に荒らすことなどせず、静観しておる方が良いだろう。精霊様を怒らせたくもないしな」

その言葉で宰相さんも納得したのか、シュンとしながらも静かになった。

良かった……。陛下まで調査に乗り気だったら、カイルさんは容赦なくこの国を出ただろう。無駄に国と対立とかしたくないし、穏便に収まって良かった……。

陛下はカイルさんにいろいろ聞きたそうにしていたが、カイルさんたちがたくさん国に貢献してくれているからか、あまり強くは聞けないようだった。

その後、何事もなく話し合いは終わり、多忙な陛下は名残惜しげにチラチラと振り返りながらも去っていく。

「はぁ、おわった……」

ただ精霊王様に会いに行っただけなのに、まさか国王陛下にも会うことになるとは……。怒涛《どとう》の日々がようやく終わった。心も体も、ぐったりである。

頑張った後にはご褒美がつきものだ！　なんと陛下は、高級旅館を用意してくれたらしい。用意してもらった馬車で火山街へとんぼ返り。

辿り着いた高級旅館で豪華な個室露天風呂に癒やされ、私たちは深い眠りに落ちた。

◇◇◇

「一度、帰るか」

カイルさんの提案に、私は迷わず頷く。まだ王都を満喫できてはいないが、少し疲れた。しばらくのんびりしたい気分だった。

再び王都に来るのは時間も労力もかかるが、帰るのは一瞬なのだ。王都には今しか来れないわけじゃない。自由が多い私たちだったら、わりといつでも来られる場所ではある。

私たちは荷物をまとめて旅館を出た。食事やサービスまで、素晴らしい最高の旅館だった。さすがは国王陛下が用意してくれた場所なだけある。もし次も来ることがあったら、必ずここにはお世話になるだろう。

旅に出る前に私が作った魔道具の転移扉を、人目につかないところに設置する。カイルさんはすでに何度も使っているが、私自身が長距離移動に使うのは、実は初めてだったりするのだ。

少しドキドキしながらも、人に見つからないように急いで扉をくぐると、薄暗い小屋の中に出た。

全員が通ったことを確認して転移扉をしまう。

周囲に誰もいないことを確認して小屋の扉を開くと、よく見慣れた「私たちの家」が目に入り、なんだかとてもホッとした。初めての長旅で精神的な疲労が溜まっている。私にとっても故郷となったこのルテール町で、ゆっくりのんびり、疲れを癒そうと心に決めた。

100万年に1人の激レアスキル持ち幼女は

こっそり平和に暮らしたい！

目が覚めると、子供の姿で森の中にいたサクヤ。近くには白い虎の子供がいて、じっと見つめていると――ステータス画面が出てきた!? 小虎にヴァイスと名付けて従魔契約をしたサクヤは、近くの洞窟で聖獣フェンリルと出会う。そして牢に閉じ込められた彼から、自身の持つスキルがどれも珍しいもので、それを複数持っているとは百万年に一人だと教えてもらったサクヤは、その力でフェンリルを牢から助け出した。フェンリルにウィンと名付けて従魔契約をしたサクヤは人間が住む街を目指して、二匹と一緒に旅を始める――

●2巻 定価：1430円（10%税込）/1巻 定価：1320円（10%税込） ●Illustration：むらき

この作品に対する皆様のご意見・ご感想をお待ちしております。
おハガキ・お手紙は以下の宛先にお送りください。

【宛先】
〒150-6019 東京都渋谷区恵比寿4-20-3 恵比寿ｶﾞｰﾃﾞﾝﾌﾟﾚｲｽﾀﾜｰ 19F
（株）アルファポリス　書籍感想係

メールフォームでのご意見・ご感想は右のＱＲコードから、
あるいは以下のワードで検索をかけてください。

アルファポリス　書籍の感想　検索

ご感想はこちらから

本書はWebサイト「アルファポリス」（https://www.alphapolis.co.jp/）に投稿されたものを、
改題、改稿、加筆のうえ、書籍化したものです。

夢《ゆめ》のテンプレ幼女転生《ようじょてんせい》、はじめました。
憧《あこが》れののんびり冒険者生活《ぼうけんしゃせいかつ》を送《おく》ります

うぃの

2024年5月31日初版発行

編集－佐藤晶深・芦田尚
編集長－太田鉄平
発行者－梶本雄介
発行所－株式会社アルファポリス
〒150-6019 東京都渋谷区恵比寿4-20-3 恵比寿ｶﾞｰﾃﾞﾝﾌﾟﾚｲｽﾀﾜｰ19F
TEL 03-6277-1601（営業） 03-6277-1602（編集）
URL https://www.alphapolis.co.jp/
発売元－株式会社星雲社（共同出版社・流通責任出版社）
〒112-0005 東京都文京区水道1-3-30
TEL 03-3868-3275
装丁・本文イラスト－蒼
装丁デザイン－AFTERGLOW
印刷－中央精版印刷株式会社

価格はカバーに表示されてあります。
落丁乱丁の場合はアルファポリスまでご連絡ください。
送料は小社負担でお取り替えします。

ISBN978-4-434-33916-5 C0093